「この身体、病弱すぎる！」

「公式にこんな設定なかった！」

「この体調の悪さだと
周りに当たり散らすしかなかったんだ……！」

エリック・ボーン
12歳にして
最高峰の医学学校を
卒業した医者。
アンネ
フィオナの専属侍女。
ルイス・ハントン
公爵家嫡男。
フィオナの婚約者。
ゲームの中では一番優しい
人気キャラ。
フィオナ・エリオール
乙女ゲーム
『きらめきの中に』の悪役令嬢。
実は病弱だった。
Characters

サディアス・ベレンティー
宰相家の令息。
知的で落ち着いた雰囲気。
ニック・オリヴィール
次期騎士団長候補。
日々鍛錬に明け暮れる
努力家。
ジェレミー・グラリエル
王太子。
王族らしい包容力を持つ。

「フィオナ」

「これからはなんでも言っていいよ。

なんでも叶えてあげる」

「これからは君を支えると誓うよ」

「逃げようと思わないで」

病弱な悪役令嬢ですが、
婚約者が過保護すぎて
逃げ出したい
私たち
犬猿の仲
でしたよね!?

1

著……沢野いずみ
イラスト……まろ
キャラクター原案……小箱ハコ

Story by Izumi Sawano
Illustration by Maro
Character Design by Cobaco Haco
Supervised by Yushi Kojima

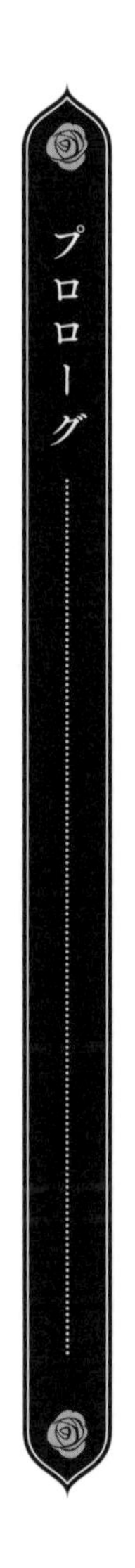

プロローグ

「お前はいつもそうやって……！」

「はあ!?　あなたがそもそも……！」

今日も今日とて言い合いをしている私たちに、そばに控えていた使用人たちがオロオロしている。

しかしヒートアップした私たちは止まらない。

「お前がああだから」「あなたがああだから」とお互いの悪口を言い合い、さらに頭に血を上らせていた。

この二人が婚約者同士だなどと、誰が思うだろうか。

というか、今日はやけにしつこいわね！　いつもは「もういい！」とか言って適当なところで引くのに！

こうしている間にも私は頭が痛くなっているのよ！

こうなったら律儀に相手が帰るのを待っている必要はない。私から退散してあげようと、踵（きびす）を返そうとしたそのとき――。

「あ」

木の根っこに足を取られ、私はおでこから盛大に地面にぶつかった。

「フィオナ⁉」

いつになく焦った様子の婚約者の声を聞きながら、私は朦朧とする意識の中、目まぐるしく記憶が駆け巡るのがわかった。

待って待って待って。

この記憶の通りだと、私、悪役令嬢のフィオナ・エリオールじゃないの！

フィオナ・エリオール。

乙女ゲーム『きらめきの中に』の悪役令嬢の一人である。

『きらめきの中に』は、平民として暮らしていた少女が、母親の死後父親だと名乗る人物に引き取られるところから始まる。

突然見知らぬ人間と家族になり、貴族という今までの環境と違う暮らしになって戸惑いつつも悲観せず、彼女は持ち前の明るさでそれを受け入れるための努力をした。

男爵家の令嬢となった彼女は、貴族に馴染もうと奮闘する中、四人の男性たちと出会い、彼らと恋に落ちるのだ。

彼らは平民育ちである彼女に興味を持ったり、心の支えになったり、時には助け合いながら、愛情を育んでいく。

元々困っている人には手を差し伸べるような、明るく優しく人当たりのいいヒロインだが、彼らと接してさらに人間として成長していく姿もゲームの見どころだった。

さて、そんなヒロインに対して、悪役令嬢フィオナはどうか。

彼女はある人物を攻略しようとすると現れ、ヒロインに対して邪魔をし、蔑み、最終的にはヒロインの命を狙うが、攻略対象とヒロインが結ばれると、あらゆる罪を暴露されて最終的に死ぬ悪役令嬢である。

ゲームをしながら性格の悪さに辟易した。こうはなるまいの大見本市だった。

そして前世の記憶通りなら、私はそのフィオナ・エリオールその人である。

「嘘でしょう⁉」

私は叫びながら飛び起きた。

「あ、あれ……？」

今までのは夢の中で見ていた記憶のようだ。どうやら私は地面に頭を打ち付けてから、意識をなくしたみたいで、自室のベッドに寝かされていた。

私は立ち上がり、ふらつく足取りで姿見の前に向かった。

「そ、そ、そんな……」

私は鏡の中の自分を見つめながら、身体を震わせた。

特徴的な水色の癖のない長い髪。すみれを連想させる紫の大きな瞳。長いまつ毛と筋の通った高い鼻。年は十七と、少女と大人の狭間特有の魅力がある。

間違いなく美少女であるが、どこか生意気そうに見える。そして私はこの姿に見覚えがあった。

そこには確かにゲームで見た、フィオナ・エリオールが映っていた。

私はフルフル身体を震わせて叫んだ。

「やったー！」

私は飛び上がって喜んだ。

どこからどう見てもフィオナである。間違いない。

「これで……」

にんまりする顔が抑えられない。

「今世はのんびりできる……！」

フィオナは確かに悪役令嬢だが、侯爵令嬢で超お金持ち。両親も兄も、唯一の女の子であるフィオナを溺愛している。

その証拠にこの部屋を見てほしい。とても広々とした、日当たりのいい部屋。女の子が使うことを想定して作った特注の家具たち。そして部屋に備え付けられている、もはやもう一つの部屋と言えるほど大きなクローゼットには、数えるのも馬鹿らしくなるほどのドレスと宝石が詰まっている。

物だけでなく、幼き頃は乳母に任せて親があまり関わらないことが多いのが貴族であるのに、母はいつも私と一緒に寝てくれたし、父もなるべく食卓に顔を出してくれたし、兄はいつも私の遊び相手をしてくれた。

もはや疑いようもなく家族から愛されている。素晴らしき、愛。

「私が婚約破棄して、のんびり家で暮らしたいと言っても、同意してくれる姿しか想像できない」

婚約破棄自体は両家の問題なので、今すぐこちらの一存ではできないが、ゲームの通りに進んだ場合、私は婚約破棄される。しかし、今の家族の様子なら、婚約破棄程度なら、喜んで受け入れてくれそうな気がする。

そして記憶を取り戻したタイミングもよかった。

「私、まだ悪役令嬢してない！」

そう、ヒロインに出会ってもいなければ、いじめてもいない。

そして肝心のフィオナが悪役令嬢として立ちふさがる原因である婚約者とは、幼き頃から不仲。

さきほども怒鳴り合っていたし、当然記憶を取り戻した今の私は彼に執着などしていないので、ヒロインが彼とくっつこうというのなら、邪魔などしないし、なんなら全力で祝福してみせる。

「つまり、断罪回避可能なはず……！」

そうすれば私はこの悠々自適な暮らしを手に入れられる。

ゲームでは悪役しすぎて、牢屋に入れられ、家に帰ることはできなかったが、今の家族の様子では、婚約破棄後はのんびり暮らすことが可能なはず。

思い出される前世での記憶。

就職氷河期をなんとか乗り越え就職した先は、超絶ブラック企業。サービス残業当たり前。むしろ連続寝泊り当たり前。だと言うのに引くほど薄給。心神喪失していく同僚を尻目に、同じく心神喪失しながら日々を生きていた。

正直働いていた頃の記憶があまりない。なんとか会社に行っていたことだけは覚えている。

やっぱり過労死したのだろうか。

確か最後の記憶は、また一人同僚が出勤しなくなり、そのしわ寄せで忙(せわ)しなく働きながら、久々に帰った自宅で「やってられるか！」とビールを飲んだ場面だ。

え、ビール飲んでどうしたんだろう。死んだ？　ビールで死んだ？　その場合もしかして過労死にならない？　もしそうだったら会社は無傷？　それは悔しい！　どうせ死ぬなら一矢報いたかった！

しかし、それもすべて前世でのこと。

そう、今の私は超絶美少女お金持ち、フィオナである。

「今世は贅沢(ぜいたく)三昧スローライフエンジョイしてやるわー！」

私は嬉しさのあまり踊り出す。

前世での苦行はきっと今世のためだったのよ！

ランランランッ、とテンポよくスキップしていたところで、私はその考えを思い直した。

「うぅ」

そしてその場で膝をつく。

流れ出す冷や汗。ドクドクと脈打ち感じる胸の痛み。整わない呼吸。

「この身体、病弱すぎる！」

少し踊っただけでこの動悸（どうき）、震える身体。なんという体力のなさ！　私は荒い息を吐きながら、流れる汗を手で拭った。

――そう、私は生まれながらにして、身体が弱かった。

「公式にこんな設定なかった！」

何度もやり込んだから確かである。ゲームの中で、フィオナが病弱だという記載もなければ、そういった場面も出てこなかった。

フィオナはただただ性格が悪く、すぐに不機嫌になり怒鳴り散らす悪役令嬢だった。

「くっ」

私は気分の悪さに歯を食いしばった。

ゲームでは特に記載はなかったが、もしゲームのフィオナも私と同じ状況なら、なぜ彼女があのような性格になったのかよくわかる。

「この体調の悪さだと周りに当たり散らすしかなかったんだ……！」

体調が悪くなったことのある人間ならわかるだろう。

体調が悪い中、普段通りに振る舞う辛さ。どんどん募っていく苛立（いらだ）ち。人の話し声すら頭痛のタネになる理不尽さ。

正直ただ歩くのも辛く、記憶が戻る前に婚約者と喧嘩したのだって、「歩くのが遅い」と言われたからだ。

速く歩けるか！　この体調で！

と怒りが爆発したのである。

「危ない危ない。あのままだと、ゲームのままの悪役令嬢フィオナになるところだった」

それだけ日々体調が悪く、イライラしているのだ。

しかし、私は当然悪役令嬢フィオナと同じことをする気はない。断罪など以て（もっ）の外。

今世こそは前世と違ってゆったりのんびり暮らすのだ。だって金持ち貴族の侯爵家ご令嬢だもの。

目指せ、親のスネかじり！

しかし、この病弱さをどうにかしなければ、スローライフさえ、夢のまた夢である。

私は決断した。

「私、健康になる！」

第一章　健康を目指して

「でも健康になるってどうしたらいいんだろうか……」

私は疲れたのでベッドに再び横になりながら考えた。この鏡とベッドの往復だけで疲れるなんて、本当に貧弱すぎるこの身体。

「筋トレ？　いやそんなのいきなり始めたら死ぬ。それぐらい身体が弱い死ぬ」

自分が筋トレ中にバタンキューする姿が想像できて私は首を横に振った。死因筋トレは悲しすぎる。

やるにしても、もう少し身体を頑丈にしてからじゃないと。

「ゲームの世界だから何か特殊な特効薬とか……ダメね、そんなもの聞いたこともない」

せっかく前世の記憶があるのに……。

私はああでもないこうでもないと頭を悩ませた。

そのとき、コンコン、と扉がノックされた。

「はい」

「お嬢様。アンネでございます」

アンネは私の専属侍女だ。

「入って」

「失礼いたします」

アンネが部屋の扉を開けて入ってくる。侍女にしてはやたらと綺麗なその顔は、無表情である。

しかし、アンネは無表情だが無感情ではないということを、長い付き合いである私は知っている。

「起きていらっしゃったのですね」

「うん。急に倒れて面倒をかけたけど、もうなんとか起き上がれるわよ」

決して調子がいいとは言わない。今も身体がダルいもの。病弱……本当に病弱この身体……。

アンネが「それはよかったです」と言いながら水差しをベッド脇に置いた。

「お嬢様は丸三日寝ていたのですよ」

「え⁉　そんなに寝てたの⁉」

せいぜい一晩ぐらいだと思っていたのに！

私は驚いて大きな声を出し、肺が痛くなった。くっ、本当にこの身体ぁ……！

胸を押さえた私を、アンネがそっと支えて、布団をかけなおしてくれた。

「無理しないでください。お嬢様が死んだら私も死にます」

愛が重い。

孤児院から私が引き取ったからか、アンネはこの家というより、私に忠誠を誓っている。私のために死ぬと言い、私の幸せが自分の幸せだと公言して憚(はばか)らない。

そこまで誓わなくてもと思うぐらいの忠誠心である。本当に私の後を追ってきそうだから長生きするようにしないと。そのためにはこの身体をどうにかしなくちゃ。

「身体もまだお辛いでしょうから、食事はこちらに運んで召し上がっていただこうかと思うのですが」

「いいえ、食堂に行くわ！」

アンネの提案に食い気味に答えた。

三日間寝たきりでいた貧弱な身体。

ただでさえ身体が弱いのに、その三日でさらに弱くなっているはず。少しでも身体を動かして、筋肉や内臓を動かさないと！

じゃないと、このまま寝たきり生活に突入する未来が見える！

ダメよ、今世をハッピースローライフにするためにも、ここで寝たきりになって寿命を縮めるわけにはいかない！

「かしこまりました。では食堂までご一緒させてくださいませ」

私はアンネに支えられながら、食堂に向かった。アンネが「お嬢様の柔肌（やわはだ）……」と呟（つぶや）いたのは聞かなかったことにする。

食堂に着くまでの間、家の中の調度品などを見て、我が家の金持ちっぷりが改めて確認できた。さすが王国第二位の金持ちと言われるだけある。

ちなみに第一位は悔しいけれど、婚約者の家だ。悔しい！　あの男に負けるなんて！

しかし、これだけ裕福なら娘一人養うぐらい簡単なはずだ。ありがとう、お金持ちな我が家。ハレルヤ！

あとは養ってもらうようにどうにか悪役令嬢フラグをヘシ折るだけ！

食堂に到着すると、父と母と兄がすでに揃っていた。

「フィオナ、もう起きていいのか？」

父が心配した様子で聞いてくる。

「そうよ、部屋で食べていいのよ？　無理しないで」

母も私を気遣ってくれる。

「歩くのが辛かったらお兄ちゃんがずっと抱っこしてやるぞ？」

それはさらにひ弱になるからダメ！

「もう大丈夫です。ご心配おかけしました」

私はにこりと家族に笑いかけながら席に着いた。

みんな私を心配してくれている。そう、私は家族に愛されているのである。

「フィオナが元気になるように、コックにお願いしたからな」

つまり、私の体調を考慮した食事なのだろうか。

よかった。お腹が空いていたのだ。だって三日何も食べてない。

父の言葉に期待して、ワクワクして用意された食事を見て――私は絶句した。

「お、お父様……こ、これは？」

「うちの領地の特産、高級牛のステーキだぞ。精がつくだろう？　しっかり食べなさい」

そう、目の前には、それはそれはおいしそうな――ステーキが置いてあった。

肉は分厚く、脂ものっていて、香りからしてもとても良い肉が使われているのがよくわかる。

きっと口に入れるととろけるような食感に違いない。貧乏社畜にはまずお目にかかれない代物だ。前世の私ならよだれを垂らして喜んでいただろう。

しかし病弱な悪役令嬢に転生した今の私には食べられない。

「無理！」

ステーキの香ばしい香りだけで気分が悪くなり、口を押さえる。

「ど、どうしたフィオナ。いつもは食べていただろう？」

確かに、いつもは食べていた。

しかしそれは家族への気遣いと、貴族としてのプライドで無理やり口に入れていただけだ。

もちろん胃が受け付けなくて、いつも大変な思いをしていた。

さらに今は倒れて三日何も口にしていないのである。より弱った身体に、脂身たっぷりのステーキは、もはや凶器であった。

私は他のメニューも確認する。

たっぷりチーズが載せられたサラダ。ステーキと合わせたのかこってりしたスープ。牛肉の使われたリゾット。その他とにかくこってりしたメニューたち。

牛多いな……特産って言ってたから仕方ないのかもしれないけど、牛が多い！

今までを思い返してみると、いつも食事はこってりだった。家族以外ならともかく、家族は私の身体の弱さを知っている。なのにこのメニューって……。

「お、お父様……もっとさっぱりしたものが食べたいのですが……」

私のお願いに、父がきょとんとする。

「何を言っているんだ。身体が弱いんだから、しっかりと体力のつくものを食べないと」

……ん？

「特にこのステーキなんか、食べたら元気になるはずだ。ほら、遠慮せずに」

んんん？

「そうよ、元気になるために必要なのだから、我慢しなさい」

「そうだぞ。好き嫌いするなよ」

んんんん？

まったく悪意のなさそうな表情でこってりしたものを勧めてくる父。そしてそれを止めずにこってりしたものを食べるように言う母と兄。

これはもしかして……。

私は一つの答えに行きついた。

――この世界、病人の食事に理解がないんだ！

そうだ、そうとしか思えない。そうでなければ私を溺愛している家族がこんな過酷なことをさせるはずがない。

現代人と異世界人の文化の違いに今私は直面している！

身体が全力で拒絶しているけど……家族は食べろという目で見てくる……。

そういえば、普段もこってりめなメニューだったけど、私の体調が悪い時は、特にこってりなものが大量に出てきた気がする。

あれはそれで元気になると思っていたからなんだ！

健康はまず食事から。

しかしその食事がろくに食べられないおそろしい事態に陥っている。

これは早急に何とかしないと、悪役令嬢以前に、死ぬ！

私はナイフとフォークをテーブルに置いて宣言した。

「食事改善させていただきます！」

私の宣言に、家族はポカンと口を開けた。

少ししてから兄が口を開いた。

「食事改善……って何言ってるんだ？」

兄のパートが訳がわからないという顔をする。

「お兄様……私にこの食事は食べられません」

私は視線を目の前の食事に向ける。そこにはそれはもうこってりした数々の品が……うっ、気分悪くなってきた！

口を押さえた私に何を思ったのか、兄がふっと優しく笑った。

「好き嫌いするなよ。ほら、お兄ちゃんのもやるから」

そう言って兄が牛のステーキをこちらに渡してこようとする。

いや、いらない。もう身体が拒絶していて見るのも嫌！

「好き嫌いじゃないんですよ！」

私は兄が渡してくるステーキを避けつつ、必死に主張する。いらない、本当にいらないんだって！

「私が身体が弱いのは知ってますよね？　身体が弱いと、こってりした食べ物……特に油ものを食べるのがキツくなるんです！」

まさに今食べさせようとしてきている、このステーキとか！

兄と両親は今初めて知ったようで、驚きを隠せない。しかし驚きながらも兄はステーキを自分の手元に戻した。よしっ！

「そうだったのか？　でも今までもステーキを食べていたじゃないか」

父の疑問に私ははっきり答えることにする。ここできっちり答えておかないと、また今後こってりした食事を出されかねない。絶対に家族には今理解してもらわないと！

「本当に？」

「え？」

「本当に私はステーキをガッツリ食べていましたか？」

父が固まり、一生懸命記憶を遡（さかのぼ）ろうとしているのがわかった。

しかし、どんなに記憶を遡ろうと、嬉々として肉を頬張る私は出てこないはずだ。

その代わり思い出されるのは、やたら食の細い娘の姿だけ。

「こういう食事は身体が受け付けないから、少し口をつけて、ほとんどデザートのフルーツとかを食べていたはずですよ」

すごいな過去の私。よくそれで生き抜いてたな。

「そ、そんな……でも言われてみると確かに……」

「お肉を食べているこの子がイメージできないわね……」

父と母が衝撃の事実に戸惑いつつ、理解を示した。

「そ、そんな……」

兄が動揺してフォークを手から落とした。

「じゃあ俺がたまに届けていた軽食のステーキセットも、フィオナは食べられなかったってことか⁉」

そうですよ……というかステーキセットは軽食ではない！　あれ軽食のつもりで運んできてたの⁉

「フィオナは細いから、普段の食事では足りないのかと思っていたのに……」

「お兄様の気持ちは嬉しかったですよ」

しょんぼりする兄を必死にフォローする。やり方は間違っていたが、自分を気遣う気持ちは嬉しいと思っていた。だから今までその食事が食べられないことを言い出せなかったのだから。

ちなみに兄がたまに届けてくれた激重ステーキセットは、食べられない私の代わりに、アンネが食べていた。

「じゃあ……何が食べられるんだ？」

「お肉で元気になると思っていたのに……お肉以上に元気になるものなんて……」

肉を食べさせればなんとかなるという根底の考えがあるからか、両親も兄も、肉が頭からどうしても離れないらしい。

というか何その肉信仰している感じ。肉は確かに生きるのに必要な栄養もあるけど、万能ではないですよ。

「この世には、いろいろな栄養素があって、その時の体調などで食べる物を変えるんですよ」

たとえば風邪を引いている時に、油たっぷりのとんかつなどはみんなあまり選ばないはずだ。

しかし健康優良児な私以外の家族は首をかしげている。

今は全部わかってもらわなくてもかまわない。とりあえず、私がこってりしたものが食べられないということをわかってくれただけで充分だ。

そしてこってりをこれから食べないためには——。

「食事改善ですよ、お父様、お母さま、お兄様」

私は胸を張って言った。

「私が直接指導いたします！」

「お、お嬢様⁉」

ズカズカと厨房に足を踏み入れると、中にいたコックたちが動揺した。それもそうだ。普通貴族はよっぽどの用がなければ厨房になど足を向けない。

「な、何かありましたか⁉」

料理長が怯えた様子で訊いてくる。

ここまで乗り込んできたのは、食事に何か問題があったからだと思ったのだろう。

「何もないわ。いつもおいしい食事をありがとう」

私は安心させるようににこりとほほ笑んだ。

彼らには何も落ち度はない。こちらの希望に沿ったメニューを作り、提供しているだけだ。

私の身体にそれが合わなかっただけで、味は間違いなくおいしいし、料理の腕はピカ一だ。

だから彼らを叱るつもりもないし、むしろ褒めてあげたいぐらいだ。

だけど……。

「ひっ！　改善するのでお許しください！」

料理長が青い顔で土下座した。

「え、ちょ、頭を上げて！」

「どうかどうかクビだけは！　なんでもしますので！」

必死に懇願してくる料理長。どうして⁉　私はありがとうって笑顔でお礼を告げただけなのに！

ハッ、悪役令嬢だから？　顔が怖いの⁉

それとも私、料理長を虐めたり……してないしてない！　まだしてない！　いつも体調悪いから笑顔でお礼とかはしてなかったけど、使用人に対する虐めとかはしてない！

あ、逆にいつもしてないことをしたから怯えられてるのか⁉

そうだよね！　普段寄り付かない雇い主が来たら怖いよね！

「本当にそういうのじゃないから！」

私は土下座の姿勢で動こうとしない料理長を無理やり立たせた。

「じゃあなんです……？」

「ちょっと食事内容を……」

「やはり私の作った物が口に合わずっ！」

料理長がまた土下座しようとする。

ちょっと！　ここまでくると面倒臭いわよ、あなた！

「そうじゃなくて！　今後私の食事をあっさりめにしてほしいんだってば！」

私のお願いに、料理長含め、他のコックたちが顔を見合わせた。

「あっさり……とは？」

「できればしばらく牛肉は控えて……」

「牛肉を控える⁉」

料理長が驚き目を見開く。

「お、お嬢様……では何を使うのです……？」

料理長が恐る恐る訊ねてくる。

「野菜中心で……」

「野菜中心⁉」

再び厨房内がザワついた。

「お、お嬢様……貴族の方は肉を食す文化でして……肉を出さない野菜中心のメニューは平民の方の召し上がるものになってしまいますが……」

料理長の説明に、私は頭にタライが当たったかのような衝撃を受けた。

待って、料理長の言っていることは、つまり――。

「野菜中心の食事は平民の食べる……いわゆる粗食(そしょく)扱いってこと……⁉」

私は先程見た食卓を思い出した。

肉、肉、肉、とにかくこってり肉。胸焼けそんなの知らないよ、とばかりに肉肉肉！

肉‼

そうか、あれが貴族の食べるべき食事だから、私の言葉に家族が戸惑ったのね……。

特産品である牛肉を食べないからという理由だけではなかったのだ。

なるほど……まさか食べ物で貴族と平民に差があるなんて……。

私は痛む頭を押さえた。

「どうする？　平民の食べるものを出すなんて……」

「やはり肉を出さないと失礼になるでしょう」

「でも、フィオナ様のご希望だし……」

ざわざわと落ち着く様子がないコックたち。初めての事態に戸惑っているようだった。

このままでは埒が明かない。

私は頭を押さえていた手を外し、大きく手を打ち鳴らした。

「わかりました！　私がお手本を見せます！」

私の宣言に、ざわついていた面々が、ピタリとしゃべるのをやめた。

「お手本って……お嬢様!?」

厨房の中を漁り始めた私を、料理長が慌てて止めようとする。

しかし私はそれを逆に制し、食材を確認する。

「よかった。肉信仰みたいだから心配だったけど、食材はそろってる」

さすがお金持ちな侯爵家。品ぞろえがいい。

私はさっそく食材を並べる。

カブ一株。玉ねぎ四分の一個。バター10g。水100cc。牛乳100cc。塩コショウ。あと必要な物もあるけどそれは後で。

これでだいたい二人前の材料だ。

私は食材を探している時に見つけたエプロンを身に着けた。

「よおーし！」

並べられた材料を見て、私は気合いを入れて袖をまくった。

私はカブを手に取った。

「まずはカブから！」

手に持った立派なカブを水で洗う。水気を切ったそれをまな板の上に置き、包丁を手に取った。

「おおおおお嬢様危ないですよ⁉　怪我でもされたら……！」

包丁を握った私を料理長が必死に止めようとする。今まで料理の「り」の字も知らなかったような私が包丁を握るのが恐ろしいのだろう。雇い主一家の一人である私が怪我すると料理長の責任になってしまいかねないという不安もあると思う。

しかし、私はもう今までの私ではない。だって、今の私には前世の記憶がある。

「まあ見ていなさい」

私は料理長に笑いかける。

そしてカブに包丁の刃を向けた。

前世では自炊していたけど、今世では料理をしていないからブランクがある。調子に乗りすぎないで慎重にやろう。万一があって料理長のせいにされたら申し訳ないし。

私はまず包丁でカブの葉を実から切り離した。サクッとした感触がして、包丁で食材を切る時の手応えを久々に感じた。

カブの皮を厚めにむいて、カブ本体を薄切りにする。トントントン、とまな板の上で奏でる包丁の音は、なぜこんなに安心感を与えるのだろう。

すべて薄切りに切り終えたカブを一度別のお皿に移し、今度は玉ねぎを用意する。

玉ねぎの皮をむく。玉ねぎの皮むきなどお手の物。サッサッと手で皮を剥がし、まな板の上に置く。こちらもカブと同じく薄切りにする。

鍋にバターを入れて、切った玉ねぎを炒め、火が通ったところでカブも炒める。

ここでしっかりと炒めて、旨みと甘味を引き出す。

炒めているとカブが段々と透明になってきた。こうなったら次の段階に移行する頃合だ。

「ねえ、ブイヨンとかあるかな？」

私の言葉に、呆けたように私のことを見ていた料理長がハッとする。

「あ、はい！　いつでもスープをお出しできるように常備しております！」

私は料理長のその言葉にほっとする。現代日本では便利な粉末コンソメなどの調味料があったが、この世界であれを作る技術があるとは思えなかった。

しかしそうなると、スープに味を付けるには、肉や野菜などから出汁をとるしかなく、いざ作ろうとなっても、それらから出汁をとるのは時間がかかる。味を良くしようとすると、何時間も煮込んで出汁をとらなくてはいけない。

最悪今から肉や野菜を煮込んで出汁をとるかもしれないと覚悟していたから、ブイヨンがすであると聞いてとても安心した。時短、大事。

私は料理長にブイヨンのある鍋を教えてもらい、そこから100ccほどもらい、炒めた玉ねぎとカブの入った鍋にブイヨンを注ぎ入れて火にかけた。

そして煮込んでいる間に、切ったカブの葉を塩の入った熱湯で軽く茹(ゆ)でる。大体三十秒ほどで取り出し、冷水に取り、水気を絞って1㎝ほどの幅に切る。

それが終わったら、煮込んでいるカブの様子を見て、柔らかくなったのが確認できたら木べらでカブたちを潰す。

カブを潰し終えたら、牛乳を加え、弱火で温め、少ししたらカブの葉も入れて一緒に煮込む。

最後に塩コショウで味を調えたら——。

「完成！　フィオナ特製カブのポタージュ！」

私は出来上がったカブのポタージュを見て少し感動していた。

私、ミキサーもブレンダーもない中、なかなか頑張ったんじゃない!?

木べら……ありがとう。

私は木べらに心の中で感謝を述べ、出来上がったポタージュを見た。

白い湯気を立てた出来立てのカブのポタージュ。カブと牛乳の優しい白さと、カブの葉の緑がアクセントとなっている。

スプーンを手に取り、カブのポタージュをすくい取る。ただのスープと違う、ドロリとした触感がした。

私はスプーンですくい取ったポタージュをそのまま口に入れた。

「ん！」

こ、これは……！

「おいしいー！」

カブを潰して作ったポタージュはおかゆに近い食感で、カブ本来のおいしさが舌を通して伝わってくる。あっさりとした柔らかな味で、身体の弱っている私にも食べやすい。肉と違って胃にも優しく、温かなポタージュは身体を芯から温めてくれた。

一口食べると空腹も感じてきて、あっという間に一皿分食べてしまった。

私はふう、と息を吐いて、スプーンを置いた。

「それだけで足りるのですか……？」

料理長が満足している私におずおずと訊ねてきた。確かにスープしか作っていないし、具材も多く入れた訳ではない。

だけど、今の私にはこれで充分だ。

「私、三日寝ていたんだもの。いきなり大量にがっつりは食べられないわよ」

スープから始めるぐらいがちょうどいい。

寝込んでいたせいもあるけど、そもそも私は身体が弱く、胃腸も弱い。

今回のメニューは、胃腸が弱っている私でも食べられるものだ。

「それにカブには消化酵素のアミラーゼが豊富に含まれているから、胃もたれや胸やけの予防と改善に効果があって、胃腸の弱った私にはピッタリな食材なのよ。……まあ、加熱するとアミラーゼはほとんどなくなってしまうんだけど、それはそれとして、カブは煮込むと柔らかくなるから、お腹に優しい食材なの。それにカブの葉にも栄養があって、β-カロテンやビタミンC、鉄、カルシウムや食物繊維が豊富なの。それに玉ねぎに含まれているアリシンは血液をさらさらにする効果やむくみ解消、病気への抵抗力を高める効果があるの。牛乳は胃の粘膜を保護してくれるから、胃が弱い人にはおすすめよ。もちろんそれだけじゃなく、三大栄養素がバランスよく含まれていて――」

健康オタクだった頃に覚えた知識をペラペラと口にする私に、料理長が眉尻を下げた。

そう、私、前世の日本では健康オタクだったのだ。

始まりはあのブラック企業に入社し、エナジードリンクでなんとか頑張っていた時のことだ。

そのまま急にぶっ倒れてしまったのだ。

前世の私は今とは違い、健康には自信があったのに、倒れてしまった。

その後普通に目覚めたのはいいが、後ほどエナジードリンクは元気の前借りなのだと知った。

つまり大量に常用するものではなかったのだ。砂糖もカフェインもその他諸々も含まれすぎている。

会社で倒れたから病院に行く休みをなんとかもらえた。たぶんそのまま亡くなってニュースになるのが嫌だったんだろうけど、おかげで色々と検査をすることができて、糖尿病などの心配もなくてホッとした。でもあのまま続けていたらいずれ病気になっていただろうと考えると恐ろしくなった。

無知は怖い。そして死にたくないし、ただ生きるのではなく健康でいたい。

今思えば「退職したら大丈夫だよ」と過去の私に言いたくなるが、実家は貧乏で頼れないし、奨学金の返済などもあったし、仕事を辞めるという選択肢を選べなかった。

その結果、私が取り組んだのは、健康知識を得て、健康維持をすることだった。

社畜だったから、睡眠時間とかはどうにもならず、食事メインの健康法だったけど、そのおかげか、エナジードリンク事件以来、身体を壊すことはなかった。

まあ、最後の最後にビールを飲んだら死んでしまったみたいだけど。

健康に気を使っていたからビールなんて滅多に飲まなかったけど、仕事の大きな案件が終わって、数ヶ月ぶりに飲んだお祝いビールだった……まさかそれを飲んで死ぬなんて……。

いや、最期にビールを飲んで死ねたのだからまだいいと思うべきか……。

どちらにしろ、いくら健康に気を配っても、過剰労働してたら死ぬということだ。今世では覚えておこう。

「は、はあ……カロチン？　とかよくわかりませんが、そんなに食材でいろいろ違うのですか……」

オタク特有の早口による私の説明に、料理長は戸惑っている。

いや、でもオタク説明に戸惑ってるのではなく、内容が理解できてない……？

「え……知らない？　ビタミンとかミネラルとか……」

「さあ……少なくとも私は聞いたことがないですね。みんなは？」

料理長が他のコックに訊ねるが、みんな、首を横に振った。

そこで私はようやくハッとした。

そうか！　医療技術や、一般常識も日本と違うんだ！

きっと、栄養というものが一般に浸透していないのだ。

日本でも、ドイツ医学教授ホフマンから栄養についての知識が日本に伝えられたのが、確か１８７１年。割と近代である。しかも当時は医学の一部とされていて、栄養学が日本でも栄えたのは１９１４年になってからだ。佐伯矩（さいきただす）という人物が研究を始めたのだ。

と、いけないいけない。今は栄養学の栄えた歴史は置いておこう。え？　なんで詳しいかって？　私は歴史を掘り下げるのも好きなタイプの学習系オタクだったからです！

「お嬢様？」

私が黙り込んでしまったからか、料理長が声をかける。

「あ、ごめんなさい。えーっとね……」

どう説明しようか。

栄養についての知識が一般的でないとしたら、β－カロテンや三大栄養素などと言った単語を使って説明してもよくわからないはず。

しかし、なんと言ったら理解できるだろう。

うーん……。

私は考えて考えて、誰にでもわかる言葉にした。

「お、お腹に優しいのよ！」

シンプルイズベスト。

細かくあれこれ言っても伝わらないだろうと悩んだ末に出した答えに、料理長は「おお！」と感心した声を出す。

よかった、身体にいいというニュアンスは伝わったみたい。

料理長はキラキラした目で私を見てきた。

「このポタージュはお腹に優しいものなのですね！　素晴らしい！　お嬢様、どこでこの知識を？　みんな食材にどんな効果があるかなど知らないのに！」

「え、えーっと……」

前世で一時健康オタクしていただけです！

とは言えない。

社畜生活で身体を壊しそうだから、健康に気を配ったのだ。

独学であれこれしてたらちょっとハマってしまったんだ。「これで健康になる！」的なテンションで……あ、怪しいのには手を出してないから安心してほしい。怪しい広告とかクリックしてないから！　あくまで普通の食材や身体を動かすことで健康になることにハマっていただけ！

と心の中で言い訳をしながら頭を働かせた。

「本を……読みまして……」

苦しいだろうか。というか、みんなが食材の効果を知らないってことは、そういう本、もしかして存在しない……？

バレたらどうしようかな、とハラハラしながらした私の適当な言い訳に、料理長は瞳を輝かせた。

「その本はどこで読めますか！」

「えっ」

まずい食いつかれてしまった。どこでも何も、そういった本がこの世界に実在するのかどうかもわからない。

「じ、実はうっかり失くしてしまって……」

「ああ……そうなんですね……」

料理長ががっかりしている。読みたかったのかな。悪いことをした。もう少し違う言い訳がよかったかな。

でも彼が関心を持っているのは、こちらからしたら願ったり叶ったり！

「でも安心して……私が全部覚えている！」

伊達に凝った健康オタクではなかったので！

がっかりしている料理長にそう言うと、彼は項垂(うなだ)れていた頭をガバッと上げた。

「本当ですか！」

「ええ」

さきほどこの世界で読んだと言った本は実在せず、前世での知識を覚えているだけだけど。

でもそれは関係ない。彼らに協力してもらわないと、私のハッピースローライフが実現しない！

この病弱な身体、食べ物に気を配らないと簡単に死んでしまう！

私は料理長ににこりと笑いかけた。

「これからあなたにも少しずつ食材について教えるから、私の食事メニューは、健康を意識してくれる？」

「もちろんです！　ぜひ教えてください！」

やった！

これでこの屋敷での食事はなんとかなる。徐々に料理長に教えて、料理長から他のコックに教えてもらえば手間もかからない。

私は自分の腕を見た。

今の私は痩せすぎている。三日間寝ていた影響もあるが、そもそも身体が弱すぎてロクに食事を取れていなかったからだ。なにせ、あのがっつり料理だったので。

でもこれから食べられるものが増えて、食事に気を付ければ徐々に体重も増えるだろう。

「本当は、日本食が作れれば一番いいんだけど……」

なにせ日本は世界でもよく知られている健康食大国。身体にいい食材や料理がより取り見取りだ。

「にほんしょく……？」

私が小さく呟いた言葉を拾い上げた料理長が首を傾げる。

私は慌てて説明する。

「ええーっと、大豆を発酵させた調味料だったり、煮干しや昆布で出汁を取る料理だったり
……そうね、納豆とか……健康になるわよね……あと味噌汁飲みたい……」

味噌汁。味噌汁が飲みたい。飲めないとわかると無性に飲みたい。恋しい、あの味噌と出汁の優しい味……。

味噌は発酵食品で身体にいいし、お豆腐とネギも入れたのが飲みたいな～。と私がぼんやりと味噌汁に思いを馳せていると、話を聞いていた料理長が、「あ」と声を出した。

「そういえば、遠い異国で、ミソという調味料があると聞いたことが……」

「あるの⁉」

料理長に思わず食い気味に訊ねると、彼はちょっと引き気味に教えてくれた。

「き、聞いたことがあるだけで見たことはないですが……確かに異国にあるはずですよ……」

日本の調味料が手に入る！

調理場を確認した時に、日本料理に使えそうな食材や調味料は見つからなかったから、ない世界なのかと思って諦めていたのだ。

私は興奮して目を輝かせた。ああ、神よ！　弱い身体に転生したと気付いた時は呪ったけど、

今は感謝してもいい。私に希望が見えてきた！

「今すぐ取り寄せて！」

「できません」

「……え？」

きっぱり料理長に言い切られる。

「な、なんで？　存在するんでしょう？」

確かに料理長はそう言った。あるなら取り寄せればいいだけのはず。

嫌な予感がしながら訊ねると、彼は申し訳なさそうな顔をした。

「それが……本当に貴重な物でして、ほとんど市場に出回らないんです……値段も高くて……いいえ！　侯爵家の財力なら問題ないと思うんですが、とにかくいつどこで手に入るかすらわからず……ほぼ幻の物となっておりまして……」

な、なんですって――――!!

私はショックを受けてよろめいた。

そんな……期待させてから落とすなんて……。

もう口の中が味噌汁の口になっているのに食べられないですって!?

悲しい……ただただ悲しい。

ガックリする私をなんとかフォローできないかと料理長がオロオロしている。うちの料理長、優しいわね……。

料理長がオロオロしているのを見たら、少し冷静になった。

「存在してることは間違いないのよね？」

「はい！　それはもちろん！」

料理長の言葉を聞いて、私は再びやる気が出てきた。

存在するということがわかっただけでもいいわ！　この世界にもあるんだから、機会さえあれば、きっと手に入れられるはず……！

屋敷の仕入れを行っている人間に、毎日市場に赴いてもらって、日本食材や調味料を見つけたら買うように指示しよう！

「ぜっっったい飲んでやる！　味噌汁!!」

「おー！」

気合いを入れる私に、料理長や他のコックも乗ってくれた。

さて、日本食は置いておくとしても、料理長や他のコックは、指導さえしたらきちんと私の身体でも食べられるものを出してくれるはず。食事の問題はクリアしたと考えていいだろう。

となると、あと残すところは——。

「体力作り！」

第二章 婚約者

「し、死ぬぅ……」

木漏れ日が揺れる素晴らしい快晴の中、屋敷の騎士が利用する演舞場で、運動着を着た私はヘロヘロになっていた。

初めはきちんと走っていたのだ。そう、初めの一分ぐらいは。

「病弱さを見誤っていたわ……」

とても走れるだけの体力はなかった。歩くのがやっとである。

「思えば、自分の部屋と食堂を行き来する程度しかまともに身体を動かしていなかったしね」

もともと病弱。そして三日間寝込んでいた身体。

家族も心配して、私が「身体を動かしたい」と言ったら「しばらく安静！」と言って運動させてくれなかったのだ。

そしてそのまま家族に過保護にされて一週間。

さすがにそろそろ動かねば！　とこうして運動着を着て走ってみたのだが……。

「死にそう……いや、死なないためにやってるんだけど……」

辛くてやめたくなるが、そうもいかない。これも健康になるためだ。

身体は食べ物だけで健康にならない。人間は身体を動かすこともとても重要なのだ。

運動は筋肉が付くだけでなく、血栓(けっせん)予防などにもなる。

「ダメだけど……ダメだ……休憩しよう……」

もう足が動かない。

私は木陰で休むことにした。

「アンネ」

「お呼びですかお嬢様」

「はやっ!」

大きな木のそばに座り込んでアンネを呼ぶと、アンネはすぐそばに現れた。走って――というかほぼ歩いて――いた時はちょっと離れた所にいたはずなのに、いつの間にそばまで来ていたのだろう。

「あれを出して」

「かしこまりました」

アンネがスッと差し出したもの、それは――飲み物の入ったコップである。

コップを受け取ると、中身がよく冷やされているのがコップを持つ手から伝わった。

私はそれを口に当て、ごくごくと飲み干した。

ほのかに甘いけれどくどくない口当たり。レモンの爽やかな風味でへばっていた身体がすっきりする。汗を出して干からびた身体に染みる水分。

そう、自作スポーツドリンクである。

作り方は実に簡単。

スポーツドリンク1Lに必要な材料は、水1L、塩小さじ四分の一、レモン汁大さじ三、はちみつ大さじ四。

まず初めに水以外の材料をボウルに入れて混ぜ合わせ、あとは水も加えて混ぜるだけ。これだけで自作スポーツドリンクの出来上がり！

これで汗をかいて失われたミネラルや水分などの補給が効率的にできる。はちみつがなければ砂糖大さじ六で代用することも可能だ。つまり家にあるもので作れるのだ。

簡単に作れるので、作り方を覚えておくと何かと便利ではあるが、日常的に飲むには糖質が多すぎるので、運動をしたあとや脱水気味な時に限定して飲むのが身体のためにはいい。お茶代わりなどにしたら逆に身体に悪いので気を付けてほしい。

ちなみにレモン汁はなくても作れるが、あるほうが味がいいのと、何よりクエン酸やカリウムも摂取できるので入れるのをおすすめする。

本当はレモンのはちみつ漬けもいきたいところだが、私は胃が弱いため、酸性成分のある柑橘系を今は控えているので、スポーツドリンクだけで我慢である。スポーツドリンクにもレモン汁が使われているが、このぐらい少量なら胃に問題はない。

「せめて胃腸だけでも早く元気になって、レモンのはちみつ漬けを食べたい……」

運動のあとに食べるとおいしいんだよなぁ。ああ、はちみつのよく染みたレモンをかじりたい……。

病弱って食べられるものも限られてるから辛い……。

「お嬢様、おくつろぎのところ失礼いたします」

「わあ！」

私にコップを渡して去っていったと思ったアンネがサッと戻ってきた。

アンネ、その素早さ、侍女にしておくにはもったいないわね……ジャパニーズニンジャにも劣らない素早さよ……。

「お嬢様にお客様です」

「お客様……？」

誰だろうか。自慢ではないが私は嫌われ者なので人が滅多に訪ねてこない。

「私としてはお嬢様に会わせたくないナンバーワンな人物なのですが、お嬢様との関係性を考えると追い返すこともできず……口惜しい。闇に葬るべきか？」

「アンネ、アンネ、暗殺計画は実行しないでね」

誰だかわからないが殺されようとしている。私の大事な侍女に罪を犯させるわけにはいかない。

私の言葉にアンネは正気に戻ったのか、口調を元に戻した。

「失礼しました。あの憎らしくて消し炭にしたい婚約者様がいらっしゃいました」

とにかくアンネが彼を毛嫌いしていることはわかった。

「婚約者……」

私の婚約者といえば、ゲームでの攻略対象。

そう、私が記憶を取り戻す前にケンカをしていた相手。

「――いつまで待たせるつもりだ？」

不機嫌そうにそう言って現れたのは、見目麗しい青年だった。

陽の光を浴びて反射する美しい銀髪を風になびかせ、海のように澄んだ青い瞳でこちらを睨みつけてくる。今は眉間にシワを寄せているが、柔らかい笑みでも向けられたら、万人が惚れてしまいそうな美しさだ。

見た目だけでなく、公爵家嫡男であり、大きな商会の跡取りでもあり、地位と権力と財力にも恵まれている。

ルイス・ハントン。

このゲームの攻略対象で、私が悪役令嬢として断罪されるきっかけとなる人物である。

「アポイント取らない方が悪いんじゃないの？」

相手の言い草に、イラッとして言い返してしまった。

元々彼とはそりが合わず、というより、向こうが私のことを嫌っていて、その態度が私は気に食わず、お互い言い合いになるという関係だった。

前世の記憶が戻った今も、その関係は変わらない。

「相変わらず口だけは達者だな」

「あなたもね」

「お前に言われたくなんか——なんだその格好は？」

文句を言おうとしたルイスが私の服装に気付いて訊ねてきた。

「これ？　運動着」

今私は走りやすいように……結局ほとんどが歩いていたけど当初の目的は走ることだったので、走りやすい服装をしている。もちろんドレスではないラフな格好である。

本当なら貴族令嬢として、こんな姿を見せたことを恥じらうべき場面ではあるのだが、前世の記憶がある私からしたら、とくに恥に思うことなどない。ドレス姿から動きやすい服装に変えただけだ。

だから平然と答えたのだが、ルイスは疑いの目で私を見る。

「運動？　お前は運動が嫌いだったただろ？」

「嫌いじゃない。運動する体力がなかっただけよ」

身体を動かすことは嫌いではない。あまり貴族令嬢がそういうことをするのははしたないと思われているからしなかったのと、あと単純にこの病弱体質のせいだ。長時間歩くことすら厳しい身体で運動などできるはずがない。

この機会にはっきり伝えておこう。

「私、病弱なの。だから、体力をつけるために身体を動かしているのよ」

私はすべてを正直に告げたのに、ルイスはハンッと鼻で笑った。

「お前が病弱？　どうせまた嘘だろう？」

こ、こいつ～～～！

私は怒りでワナワナと身体を震わせた。

確かに前世の記憶を取り戻すまで、私もプライドから病弱なのを隠していたから知らないのは仕方ないだろう。でも今私はこうして本当のことを告げているのだ。

それを鼻で笑うとは！

ゲームのヒロインにはあんなに優しいくせに！　私が悪役令嬢だから⁉

そう、ルイスはゲームの中で一番優しく、一番人気のキャラだった。

ゲームのメインルートは王太子だったが、それを抑えてルイスルートが一番人気だったのだ。

平民から突然貴族になったヒロイン。そのヒロインが慰問（いもん）に行った孤児院でルイスと出会い、貴族のあり方がわからない彼女に、優しく指導してくれるのだ。

それはもう、優しく親切で、これはヒロインでなくても惚れちゃうだろうと思うほどゲームのルイスはいい男だった。

フィオナがそんなルイスに執着してヒロインに嫌がらせをして最終的に断罪されて獄中死亡（※死因については語られていないがおそらく病弱なので獄中が耐えられなかったと推測できる。だって私耐えきれる気がしない）するぐらいにいい男だった。

でもそのいい男がいい男になるのは、たぶんヒロインの前だけなのだろう。

今目の前にいるルイスは、真実を告げる婚約者を鼻で笑う無礼千万な男だ。

人に失礼な態度取るのもいいかげんにしないと、あなたの後ろで拳を構えてる侍女に我慢の限界がくるわよ！

アンネがいつかルイスを殴るんじゃないかと私がハラハラしていることにも気付かずに、ルイスはまだ話を続けた。

「それに、身体が弱いなら部屋で横になっていたほうがいいだろう？　だけどお前は部屋から出るほど元気じゃないか」

何？　まさか私の発言が信じられないというの？　信じられないんでしょうね、さっき嘘だって言い切ってたもの！

でもそのセリフは聞き捨てならないわよ！

「病弱だからこそ外に出るんじゃないの！」

私の語気の強めな言い方に、ルイスが一瞬押し黙った。

「部屋の中にばかりいたら綺麗な空気を吸えないし、筋肉は衰えるし、身体を動かさないことで血の巡りも悪くなるのよ！」

グイグイとルイスに近寄ると、ルイスが後ろに下がっていった。しかし私は止まらない。

「それに太陽を浴びることで人間の皮膚からビタミンDが作られるのよ！」

「ビタミン……D？」

ルイスが首を傾げる。

知らないのね？　知らないなら教えてあげるわ！　この前世健康オタクだった私がね！

「人間は基本的に口で摂取する以外でビタミンという栄養を作り出せないんだけど唯一食べ物以外から作り出せるビタミンが――」

　ところまで言ってルイスの顔を見ると、ポカンとした表情でこちらを見ていた。ルイスの後ろでルイスを殺ろうとしていたアンネまでポカンとしている。

　……これは――ビタミンというワードを知らない顔ね？

「……ええっと」

　ビタミン……ビタミンを何と言ったらいいか……。

「人間の身体を動かすのに必要な栄養たちを助ける働きをするものよ！」

「身体を動かすのに必要な栄養……？」

「私たちは食べ物を食べて身体を動かしているわよね？　それは食べ物から栄養を摂っているからなの」

　ルイスが大人しく私の話を聞き始めた。

「食べ物で身体を構築しているのはわかっている。その食べ物に栄養があるんだな？」

「そう！　そうなの！　その身体の構築に必要なのが栄養なの！　そして栄養にも色々種類があるんだけど、ビタミンＤは健康の維持に欠かせないものなのよ！」

　ルイスが少し考えて言った。

「病気になりにくくなるということか？」

「そう！　そうなの！」

意外とルイスがきちんと話を聞いてくれるので、私は嬉しくなってルイスに顔をグイッと近付けた。

するとルイスが「なっ……」という声を出して頬を少し赤く染めた。

しかし興奮している私は構わず続ける。

「ビタミンDは唯一食べ物以外で作り出せるビタミンなのよ！」

「そ、そうなのか」

「これは紫外線を浴びることによって皮膚で生成されるの！　つまり日差しを浴びることが病気に負けない身体になるのに必要なことなのよ！」

「そ、そうか、それより……」

「あ、でも紫外線を浴びすぎるのも身体に悪いからほどほどに……」

「近すぎるぞ！」

ルイスが慌てた様子で私から距離を取った。

興奮しすぎて気付かぬうちに、ルイスにかなり近付いて話してしまったようだ。

「婚約している相手とは言え、恥じらいを持て！」

まるで恥知らずみたいな言い方にムッとする。

「はいはい。嫌いな女に近づかれたくないわよね。ごめんなさいね」

私の皮肉的な言い方に、ルイスはまだ赤い顔のまま、「そういうことじゃない！」と反論する。

そういうことでしょ。ヒロインが顔を近付けたら喜ぶくせに。少なくともゲームのルイスは嬉しそうだった。

「で、今日は何の用で来たの？」

私が少し拗ねた気持ちになりながら訊ねると、ルイスがハッとした様子で口を開いた。

「今度パーティーがある。絶対参加だ」

「え、嫌」

反射的に断ると、ルイスが眉間に皺を寄せた。

いや、この身体でパーティー参加キツいんだって！

「今説明したじゃない。私は身体が弱いのよ。ヒールのある靴で長時間立ってるなんて無理」

私が理由を説明する。しかしルイスは不服そうだ。

さっき真剣に話を聞いてくれていたから理解してくれたのかと思ったが、それはそれ、これはこれなようだ。

つまり私の身体が弱いということはまだ信じていないのだ。

ルイスはコホンと一つ咳をする。

「とにかく、必ず一緒に参加するように。仮病は使うなよ」

「仮病なんかじゃ」

「じゃあな」

ルイスは言いたいことだけ言うと満足したのか、こちらの言い分も聞かずに足早に去っていった。

私は再び身体をフルフルと震わせた。この短時間で二回も怒りで身体を震わせるなんて普通ある？

「な……なんて腹立たしいやつなの！」

まだ見ぬヒロインさん！　この男はやめた方がいいですよ！　思い込んだらこっちの話を一切聞いてくれません！

いやヒロインには違うのかもしれませんけど！　もしそうなら余計腹立つわ！　私が悪役令嬢で悪かったですね！　ヒロインにはさぞ優しくするんでしょうね！

「うう……全力で怒りたいけどその元気もない」

私はヨロヨロとその場にあった木に寄りかかった。

「大丈夫ですかお嬢様。やはり殺りますか？」

「アンネ、落ち着いて」

すごく腹が立つが、殺してしまうほどでないし、アンネには牢屋など行かず、このまま私のそばにいてほしい。

「どうせ行かないもの」

そう、私は家族に溺愛されているお嬢様なのである。

だからお父様に行きたくないと言ったら全部解決――。

「え？　今なんて？」

私の身体に合わせたメニューが提供されるようになった食卓で、私は固まった。

「今度のパーティー用にドレスを作ったと言ったが」

私の指導のおかげで父たちのメニューもこってりではなく、健康を意識したメニューに変わった。この数日でだいぶ肌ツヤが良くなった父が首を傾げる。

「何か悪かったかい？」

「そそそそれはもしかしてもう随分前に行くと返事をしてしまっているのでしょうか？」

「ああ。ひと月前に」

くっ！　やられた！

もうすでに父が許可をしており、先月からの約束となると、破るわけにはいかない。

あいつ、わかってて念押ししに来たわね！

もうパーティーに行かないという選択肢はなくなってしまった。

こうなったら行くしかない。

「もしかして行きたくなかったかい？　パーティーにはいつも参加していたから今回も大丈夫だと思ったんだが」

父が恐る恐る訊ねてくる。私の機嫌を損ねたと思っているのかもしれない。

「いえ、大丈夫です」

もしかしたらお願いしたら父は参加しなくていいと言ってくれるかもしれない。

しかし、一度行くと答えているパーティーに参加しないのは、マナー違反だ。

私が批判されるだけならいいが、今回父が許可を出している。家族が批判されるのは避けたい。

オロオロする父に私は一つため息を吐いた。

「行ってさっさと退場します」

「パーティー満喫する気ないね!?」

父のツッコミをスルーして、私は当日いかに抜け出すかだけを考えていた。

「ちゃんと来たな」

馬車の中でルイスが偉そうに言い放つのでその横っ面を張りとばしたくなった。

「来たくて来たわけじゃないわ」

私はルイスをジロリと睨んだ。

パーティー用に着飾るだけでどれだけの体力を消耗するのか、ルイスはわかっていないのだ。

綺麗なドレスを着るのは嫌いじゃない。体力さえ奪われなければ。

「私が来るって初めからわかってたでしょ」

父に一ヶ月も前から打診していたのだから来ると確信していたはずだ。

「いや、お前のことだからわからない。いつもパーティーを途中で抜け出しているし」

「だからそれは身体が辛いからだってば！」

この間も伝えたのに、ルイスは端から信じるつもりはないらしい。

もっと文句を言ってあげようとしたが、そこでガタン、と馬車が止まった。目的地に着いたらしい。

ルイスがスッと腕を差し出した。

「一応俺とお前は婚約者同士だからな」

ルイスの「本当はしたくない」と思っているのがわかるセリフに腹立たしさを覚えながらも、私はその腕に手を添えた。

「私のセリフよ」

こっちだって好き好んでルイスの婚約者をやっているのではない。

それを言外に伝えるとルイスがムッとしたのがわかったが、私はそれを無視して歩き出した。

私とルイスが会場に入ると一瞬みんなの視線がこちらに向いたが、私たちはそ知らぬ顔でそのまま歩く。

そして本日のパーティーの主催者に挨拶をする。

「お招きいただき、ありがとうございます」

「ああ、ぜひ楽しんでいってくれたまえ」

本日のパーティー主催者であるボルフィレ公爵がにこやかに挨拶を返してくれる。私たちは次の挨拶をする人のためにすぐにその場を移動する。

そしてルイスが私の手を腕から外す。

「ここからはいつも通り別行動だ」

こちらを気にすることなく、ルイスは私を置き去りにしてパーティーの輪の中に入って行ってしまった。

ちなみにここまでがいつものお決まりパターンである。

これだけでルイスがどれだけ私と一緒にいたくないか計り知れるというものだ。

「普通はパーティー中は婚約者と一緒にいるものなのに……」

思わず憎まれ口を吐いてしまう。

婚約者とセットで招待されたパーティーでは、婚約者と共に過ごすことが当たり前とされている。

そうしないのは、相当不仲な婚約者だけだ。

つまり、私とルイスはそういう仲だということだ。

「別にルイスと一緒になんかいたくないけど」

いたくないけど……。

私はグサグサ刺さる視線に涙目になる。

ああ、みんなから哀れみの目を向けられているのがわかる……婚約者に相手にされない可哀想な女だと……。

パーティーに参加するのが嫌だったのは、身体のことはもちろんだけど、この視線も嫌だったのよね……。

「あら、フィオナ様だわ」

「今日はいつ退場されるのかしら」

そしてこうした陰口も嫌だったのだ。

そう、私は嫌われ者の悪役令嬢。

いつもパーティーには最後までいないし（体調不良）。

表情が硬くて怒って見えるし（体調不良）。

会話してても上の空だし（体調不良）。

たまに口調がキツいし（体調不良）。

「考えてもそれは嫌われるわね……」

なぜそうしていたのか理由を知っていたらこんな扱いにはなっていなかっただろうが、前世の記憶を取り戻す前の私はプライドが邪魔をして弱みとも言える病弱体質を誰にも言えなかった。

結果、ただの感じの悪い人となったのである。

ああ、なぜ過去の私は訳のわからないプライドを……。

かつての自分を思い起こし遠い目をしていると、誰も近寄らなかった私に声をかけてくる人物が現れた。

「フィオナ様」

私は声の方を向いた。

そこにいたのは一人の令嬢だった。

鮮明な長く赤い髪はサラサラと流れ、少しツリ目がちなピンクの瞳でこちらをまっすぐ見てくるところには彼女の意志の強さが表れている。ドレスの上からでもわかる抜群のスタイルの良さと、扇で口元を隠しながらもわかるその美貌に男性のみならず女性もため息を吐いた。

赤い髪。ピンクの瞳。

それだけで私は彼女が誰だかわかった。

彼女はパチリ、と扇を閉じた。

「ご忠告して差し上げます」

このパーティーの主催者、ボルフィィレ公爵の娘であり、王太子の婚約者候補筆頭で、社交界の華。

「あなた、しっかりしたほうがよろしくてよ」

このゲームのもう一人の悪役令嬢。

カミラ・ボルフィレだ。

「し、しっかりとは……？」

私はカミラを見つめながら言った。

カミラ・ボルフィレ。

私が悪役令嬢となるのとは別のルート——王太子殿下のルートを選択すると現れる悪役令嬢だ。

ゲームではフィオナとカミラは関わりがなかった。彼女たちはそれぞれのルートで現れる悪役令嬢だから、接点がなかったのだ。

しかし、ここはルートなど関係ない、一つの世界だ。

カミラもフィオナも同じ世界線に存在する。

同じ高位貴族。参加するパーティーなど被ることが多いはずだ。だから、こうしてカミラに出会うのは、当然と言えば当然だ。

ただ、そうは言っても、カミラは社交界の人気者で、私はみんなの嫌われ者。お互い関わることなどなく、挨拶程度の仲だった。

だが、そのカミラが話しかけてきたということは、私はカミラから見てよっぽど目に余ったのだろう。

カミラは悪役令嬢らしく、後ろに取り巻きを何人も引き連れていた。彼女は社交界の頂点。取り巻きがいるのも当たり前だ。

カミラがこちらをスッと見る。ただ見ただけなのに緊張が走るのは、さすが悪役令嬢と言ったところか。

「あなたもよくわかっていらっしゃるでしょう？」

カミラの言いたいこと。それは確かに凡そ予測が付く。

「いつも貴族令嬢らしからぬ険しい表情。催し物は最後まで参加しない。使用人たちへの当たりも強い」

うっ、よく見ている……。

確かに今までの私はそうだった。

体調が悪いから笑顔を振りまく余裕などなかったし、パーティーなども長時間参加できないからいつも途中で抜けていた。また、ゲームのフィオナのように、使用人たちに罵声を浴びせたりはしないが、愛想良く接してはいなかったことは確かだ。体調が悪いと人を気遣っている余裕などない。

カミラがスッと扇でこちらを指した。

「あなたは次期公爵夫人。そのあなたがそのような行動ばかりとるのはいかがなものかしら?」

カミラが言い終わるのを待っていたかのように、後ろにいた取り巻きたちがはしゃぎ出した。

「そうです！　ルイス様の婚約者に相応しくないですわ！」

黒髪の子が言った。

「侯爵令嬢とは思えないです」

茶髪の子が言った。

「この場にいるのすら図々しいですね」

金髪の子が言った。

別に公爵夫人にはなりたくてなるわけじゃないし……。

つい心の中でそう思ってしまったけど、今そう言っても余計に睨まれるだけだ。

元日本人で社畜だった私はこういう時の対処法を知っている。

「申し訳ございません、カミラ様」

私はカミラに頭を下げた。

「私もちゃんとしなければと思っているのです……ですが……」

私は精一杯瞳を潤ませた。

そう、こういう時の対処法――『謝りながらの泣き落とし』である。

「私、生まれつき身体が弱くて……体調が悪いと顔も無意識にキツくなるようで……皆様と交流も深めたいのですが、長い時間パーティーなどに参加するのが困難なものですから……」

グスン、と鼻もすする。

「そんなこと信じるとでも？」

しかしカミラには通用しなかった。

そんな、この方法で私は今まで数多（あまた）のパワハラ上司をやっつけていたのに……！

ちなみに周りに人が多いと効果大であった。

人間泣いている人間には同情してしまうものである。周りに人がいると、その人たちが哀れに思いひそひそ話で援護してくれたりするのだ。

しかし、今回周りの人がそんなことしてくれている様子もないし、カミラは不快そうだ。

どうしてこんなに効かないんだ……？　と考えて、ハッとする。

そう、私は忘れていた。

私は嫌われ者なのだ。

そう、泣き落とし策戦は、周りの人間からの好感度が高くなければ成功しない。むしろ、嫌われ者がそんなことをしたら余計に嫌われ周りを苛立たせる。

泣いても誰も気にしてくれないどころか、この涙すら煩わしく思うのだろう。カミラも後ろにいる取り巻きも険しい表情をしている。

味方してくれるのではと期待していたギャラリーも、様子見することに決めたようだった。

誰一人味方がいない中、私を詰る人たちはさらにヒートアップしていく。

「そうです！　そんなこと信じられません！」

「言い訳に決まっています」

「この期に及んで恥を知りなさい」

カミラの背後で水を得た魚のように取り巻きが騒ぐ。カミラが静かな時に騒いで、カミラが喋る時に黙るところなど、さすが優秀な取り巻きだなと感心してしまった。

カミラが呆れたような視線を向けてくる。

「今までそんなこと仰らなかったのに、急に言い出すのもおかしいではありませんか」

カミラの鋭いツッコミに、私は泣きそうな演技を続けたまま説明した。今急にやめたらさらに批判されるからだ。

「誰かから同情などされたくなくて……私のつまらないプライドです。ですが、正直に言わないと、今後皆様に迷惑をかけると思い直しました」

涙に濡れた目で訴えかけるが、当然カミラは強い視線を緩めない。

「本当に身体が弱いとしたら、婚約者のルイス様が心配してそばにいるはずなのでは？　いつも一人ではありませんか」

それも私のプライドの高さのせいと、単純に仲が悪いからである。

「それは――」

「失礼する」

どう言い訳しようか。

そう思っていた時に、スッと私とカミラの間に入ってくる人間がいた。

私には後ろ姿しか見えないが、その銀の髪を見間違うはずがない。

ルイスだ。

「俺の婚約者が何か？」

カミラが一瞬身体を揺らしたが、さすが悪役令嬢。怯むことなく扇で再び口元を隠すと、私に向けていた視線をルイスに向けた。

「フィオナ様の振る舞いに思うところがございましたので、少々注意させていただきましたの」

「思うところ？」

カミラはチラリと私を見た。

「いつもパーティーなどは途中でいなくなってしまいますし、態度もとてもよろしいものとは思えませんでしたので。同じ貴族令嬢として助言したまでですわ」

「ああ」

ルイスが私を少し振り返る。

「今後は婚約者として俺も注意させていただく。それでいいだろうか」

「いつもそばにいらっしゃらないルイス様が？」

役立たずでは？　と遠回しに言っている。ルイスが来ても私に対する時と変わらぬ様子で怯まない悪役令嬢、強い。

「これからはなるべくそばにいる。婚約者としての役割を果たすので、あなたたちの手を煩わせることはないだろう」

ルイスがカミラをまっすぐ見つめて言った。

「……そうですか。わかりましたわ」

ルイスの強固な姿勢に、まだ何か言いたそうだったカミラが一歩引いた。

そしてカミラは私に軽く頭を下げた。

「それではこれ以上、わたくしから申し上げることはございません。わたくしはこれで失礼いたします。フィオナ様も、本当に体が弱いと仰るなら、ご無理なさらないように」

「お心遣い感謝いたします」

本当に、のところが疑っていると雄弁に語っていたが、ルイスが出てきた以上、カミラがしゃしゃり出ることはできない。

私のことが気になるとしても、あくまで当事者はルイスと私であり、彼女たちは外野なのだ。

カミラと取り巻きはそのままその場を去っていった。

様子を窺（うかが）っていたギャラリーも、カミラが去ると興味をなくしたように他の場所に移動していく。

　残されたのは私とルイスの二人だ。

　私はルイスの後ろ姿をそっと見上げた。

　——もしかして、庇（かば）ってくれたの？

　もしかしなくても、あのタイミングを考えれば、庇ってくれたのだろう。

「ルイス」

　お礼を言わなければ。

　そう思い、私はルイスに声をかける。

　すると、ルイスが振り返った。

　眉間に皺（しわ）を寄せながら。

「どうして一人なんだ」

「え？」

　どうしても何も……あなたが私を置いていったからですけど？

　私がそう言うより早く、ルイスが口を開いた。

「話し相手をしてくれる友達もいないのか？　いつもパーティーを抜け出したりして、きちんと社交をしないからそうなるんだ。カミラ嬢の言う通り、もっときちんとしたらどうだ」

　嫌味を言われてカチンと来る。

　さっきはちょっとはいいところがあるのかなと見直したのに！

「だからそれは！」

ルイスに反論しようとしたそのとき。

「あれ？」

視界がグラリと揺れる。

ルイスが反射的に出した腕にガシッと抱き止められた。

「おい、演技も程々に……」

ルイスが何かを言っているが、私の身体はもう悲鳴を上げていて、反論をする元気もなかった。

やっぱりパーティーに最後まで参加なんてできないんだわ。

私はそのまま目をつむった。

「……フィオナ？　おい、フィオナ！」

ルイスの声がどこか遠くに聞こえる。

数人の足音や、去っていったはずのカミラの焦ったような声も耳に入ったが反応できない。

私の意識はそのままなくなった。

✦✧✦　✦✧✦

私はパチリと目を開いた。

今何時だろう。

どれだけ眠っていたのか、身体は少しダルいが、頭はしっかり働いた。どうやらここは私の部屋で、私はベッドに寝ているらしい。

最後に覚えているのは、ルイスの驚いた顔だった。

あのまま意識を失ってしまったんだわ。

なんという失態。憎きルイスの腕の中で倒れるなんて。

次会った時、助けてやったと恩を着せてきたらどうしよう。殴ろう。

早々に決断して、私はベッドから起き上がろうとした。

「——起きたのか」

「わあ！」

誰もいないと思っていた空間から声がして、私は驚いて飛び上がった。

声をした方を見ると、ぼんやりと人影が見える。

私が寝ていたからか、明かりの少ない室内で動くその影が、そっとこちらに近づくのがわかり、私は声を上げた。

「オ、オバケー！」

「誰がオバケだ」

慌てて逃げようとしたが、聞き覚えのある声に、動きを止めた。

「ルイス？」

「そうだ」

どうやらオバケではなかったらしい。ちょっと恥ずかしくなって私は逃げようとした姿勢から再びベッドの中に入り直した。

ルイスが私のベッドのそばにある椅子に腰掛ける。

え、座るの。早く出て行ってほしいんだけど。

というより、なぜここに？

私の疑問が顔に出たのか、ルイスが眉間に皺を寄せた。

「婚約者が倒れたのに放っておくような薄情な男に見えたか」

「見えるけど」

思わず間髪を容れず肯定してしまった。

あ、と思ったがもう遅い。ルイスがさらに眉間の皺を濃くした。

「なんだと？」

「だって今までだって見舞いなんて来たことないじゃない」

幼い頃からの、長い付き合いの婚約者だ。体調が悪すぎて対応できない日もあったし、熱が出て面会できない日もあった。プライドが高い私だったが、さすがに言い訳が思いつかなくなってきて、正直に体調が悪いと伝えた時もある。

でもルイスは見舞いに来たことは一度もない。

「お前の嘘に付き合うつもりはないからな」

はい……？　嘘……？

「だいたい、わざとらしく倒れて。どうせ人の気を引きたかったんだろう？」

まさかこの人……目の前で倒れたというのに、それを嘘だと言っているの……？

「何言ってるの？」

思わず声が震える。

「だってお前はいつもそうやって人の気を引こうとするじゃないか」

「そんなことした記憶ないけど？」

いつのことを言っているのか。むしろ昔は体調不良がバレないように気を配っていた。体調不良をオープンにしたのは記憶を取り戻してからだから、つい最近だ。当然、人の気を引こうとなんてしていない。

ルイスはまだ言い足りないのか話を続けた。

「いつも話半分しか聞いてない時があるし」

体調が悪くなって話どころじゃないからだ。

「いつも眉間にしわが寄ってるし」

体調が悪いからである。

「突然帰る時もあるし」

体調が悪いからである。

「出かけることに誘ってもあまり来ないし」

体調が悪いからである。

「あまりお茶会やパーティー類にも参加しないから評判悪いし」

「全部体調が悪いからですけど！」

ついに我慢できなくなって大きな声でルイスの言葉を遮った。

「全部わざとじゃなくて！　本当に体調が悪いのよ！　長時間パーティーとか無理だから途中で抜けるし、話を聞いている余裕もなく体調が悪い時あるし、頭が痛くて顔が険しくなることもあるし、出かける元気なんてほとんどないし、誘われてもお茶会とかも参加できないの！」

一気に言ってゼーハーゼーハー息をする私に、ルイスが驚きの表情を浮かべながら、心なしか小さな声で言った。

「そんなこと初めて聞いた」

「初めて言ったもの！　プライドが邪魔して身体が弱いことを言えなかったの！」

「なら俺が知らなくて当然じゃないか」

ふうと私は息を吐いた。

「そうね。言わなかった私も悪いけど、あなたも婚約者なら、おかしいなと思うこともあったでしょう？　なのにその違和感を無視して全部こちらが悪いと言われるのは業腹だわ」

いくら誤魔化しても、体調不良を隠すのには限界がある。かなり無理をしていたし、ボロが出ていた。

おそらくルイスがきちんと私と向き合っていたらすぐに気付いたはずだ。

心当たりがあったのだろう。ルイスは黙り込んだ。

「あとこの間、私が倒れた時だけど」

喧嘩して倒れた時。私が前世の記憶を取り戻した時のことだ。

「あのとき、見舞いに来てくれなかったわよね」

そう、ルイスは見舞いに来なかった。

目の前で倒れたにも拘わらず、様子を窺う手紙の一通すらなかったのだ。

「普通はすぐに来ない？　目の前で倒れたのよ？　それがどれだけ薄情なことか、わかるでしょう？　私があなたを咎めるのも当然だと思わない？」

黙るルイス。

私はもう一度深く息を吐いた。

「……婚約解消したいならいつでもしてあげるわ」

黙って下を向いていたルイスが顔を上げた。

「……お前は嫌だと言っていたじゃないか」

驚いたのだろう。そうだ。以前の私はゲームのフィオナと同じように、ルイスの婚約者であることに固執していた。だから仲が悪くても婚約したままだったのだ。

「ええ、以前はね」

それはルイスが顔が良くて地位も高くて好物件だったたから。

体調不良を隠すのも限界だったし、当然婚約破棄された上で身体が弱いことがバレたらもうルイス以上の相手と出会うことはないと思っていたのだ。

結婚相手に病弱な相手を選ぶことは稀だ。だからルイスを逃したら結婚できなくなってしまうと思ったのだ。

だがもう私は結婚に固執していない。

私が目指すのはハッピースネかじり！

「仲が悪いのに婚約してても仕方ないなと思ったのよ。婚約破棄なんてまるで捨てられるみたいで嫌だったけど、お互いのためにもそれがいいかなと思って」

そうすれば私の悪役令嬢フラグも折れるしね。

私はスネかじりする予定だから結婚しませんとは正直に言わず、やんわりとそれっぽい理由を告げた。

嘘ではない。この仲の悪さで結婚などしてしまった日には血の雨が降るかもしれない。

悪役令嬢として転生したら、婚約者との関係を修復したり、チート無双したり、いろいろなパターンがあると思うが、私が目指すのは――婚約破棄一択である。

ルイスと婚約していることで破滅するのだ。

ルイス自身に恋心を抱いてはいないし、もしかしたら悪役令嬢にならないかもしれないが、少しでもリスクは下げるべきだ。

そのためには婚約破棄！

「それは……」

「今日は疲れたからもう帰って」

何かルイスが言い訳しようとするが、そんなことはさせない。

「帰って」

「いや、少し話を……」

「私倒れたばかりなの。辛いんだけど？」

先程の病弱エピソードを聞いたからか、ルイスは今度は私の体調不良を疑うことはなかったようだった。

ルイスはもごもご口を動かしたが、文句を言わず、椅子から腰を上げて扉に向かった。

扉の取っ手に手をかけて、そのまま出ていくかと思いきや、ピタリと足を止めた。

「悪かった……」

とても小さい声が私の耳に届いた。

「え？」

私が思わず聞き返した時にはルイスの姿はなくなっていた。

「今、確かに……」

悪かった、って言ったわよね？

私はルイスが出て行った扉を見つめた。

「あの人、謝れたのね……」

もしかしたら初めて謝られたかもしれない。

しかしそれはそれ。これはこれだ。

「婚約破棄してって伝えられたわ！」

私はグッと拳を握りしめた。

こちらから一方的に婚約破棄できたらよかったが、残念ながら我が家は侯爵家。あちらは公爵家。地位の差は大きく、こちらからは断れない。

親にお願いして無理をしたらいけるかもしれないが、そんなことをしたらそれこそ一家で国中から村八分にされるかもしれない。

私は家族に迷惑をかけさせたくない。

「だから何がなんでも向こうから婚約破棄してもらわないと」

と言っても元々仲が悪いし、ここまで言ったら断ってくるでしょう。

そうなれば私の破滅フラグはなくなったも同然！

「あとは健康になるだけ！」

私は見えてきた目標に、瞳を輝かせた。


一方。

馬車の中で、ルイスは考え込んでいた。

「本当のことだったのか……」

フィオナの言うことを嘘だと決めつけていた。

なぜなら今までのフィオナはワガママで自分勝手だったからだ。

だけどその自分勝手だと思っていた行動も、体調に左右されてのものだったのだとしたら。

――その時の自分はフィオナにどんな態度をとっていただろうか。

彼女の顔色など一切見ず、何か違和感があってもあえて見過ごしていなかったか。

「人のことばかり言えないな」

ワガママで自分勝手だったのは己も同じだとルイスは気付いた。

「病弱な体質でそれを改善したいか……」

確かそのようなことを言っていた。

「もしそうなら……」

ルイスは馬車の窓の外を見た。

「もしそうなら……あの人のことも……」

ルイスは期待を込めて呟いた。

✦✧✦ ✦✧✦

さて、婚約破棄目前の私が集中するべきは健康な身体を作ること。

そのためにやらなければならないことはたくさんある。

「フィオナ、お父さん、もっとこってりした……」

「ダメです」

私は父の訴えを退けた。

「こってりも別に食べるなというわけではありません。でも毎食は食べ過ぎです。何事もバランス。ストイックな食事はしなくてもいいですが、嗜好だけ取り入れた健康一切無視な食事では早死にしますよ！」

実際この世界の平均寿命は短く、七十歳まで生きたら長寿と言える。

百歳近くまで生きる人間が多い日本とは大違いだ。

家族には長生きしてもらいたい。私の明るいニート生活のためにも。いや普通に家族好きだから長生きしてもらいたい！

「早死に……は嫌だな」

私に却下されて父がしょんぼり落ち込みながらもご飯を口にした。

「なんか……物足りないんだよなぁ」

「慣れるまでの辛抱です」

「フィオナ、俺はまだ若いから関係ないだろう?」

兄が自分は好きなものを食べていいだろうと主張してくる。

「ダメです」

なのでハッキリと否定した。

「若くても好き放題に食べたら生活習慣病になります。いいんですか、今までみたいに味がちゃんとついた食事ではなく、あっさり素材の薄味のご飯を食べ、毎日何をどれだけ食べられるか計算する毎日になっても」

「うっ、それは嫌だ……」

兄も諦めてご飯に手をつけた。

「料理長が味もきちんと考えて作ってくれてるからおいしいでしょう?」

実際とてもおいしい。

あれから定期的に料理長や他のコックにも栄養を意識するように指導して、おかげで私の分だけでなく、家族の分も健康的な食事が出てくるようになった。

「でもねえ」

母も戸惑いがちに魚のソテーを見る。

「貴族と言ったらお肉を食べるのが当たり前という考えがあるから、ちょっと抵抗あるのよね」

そう、貴族は肉。とにかく肉を食べる食文化なのだ。

おそらく庶民と違う高級な食材を食べることを一種のステータスとすることで始まった食文化だと思う。わからなくもない。中世ヨーロッパでも、庶民が食べられない高級な香辛料を使った料理を食べたり、高価な砂糖を使ったお菓子を食べたりしていた。

だけど当然そんな食文化で長生きできるわけがない。

あの時代、平均寿命短いんだから!

医療の発達ももちろん関係があるが、なら尚更、医療技術もおそらく中世ヨーロッパに近いこの世界では自ら気をつけるべきである。

「今はわからないかもしれないですが、もうすぐ身体に変化があると思いますよ」

食べ物を変えたことの実感は、のちのち来るのだ。

「あ、そうだお父様。お願いがあるんです」

「なんだい？」

私は父におねだりする。

「私、ハーブを育てたいんです」

「ハーブ？　いいが、そんなのを育ててどうするんだ？」

「もちろん食べます！」

「いや、食べるだろうが……ただの香辛料だろう？　買えばいいじゃないか」

「違います。ハーブはただの香辛料ではなく、様々な効能があるんですよ」

この国では、ハーブの効果があまり知られていない。

あくまで味付けする時に使用するものと思われている。

「それにハーブティーとして楽しむこともできます」

母が食事に添えられたティーカップを見た。

「紅茶みたいにするの？」

「そうです」

この国の一般的には嗜好的な飲み物とされているのは紅茶だ。ハーブティーは流通しておらず、飲む習慣がない。

「使用方法は紅茶と同じく、ティーポットにハーブを入れてお湯を注いで飲みます。ハーブの種類によって様々な効果が得られるんですよ」

鉄分補給できたり、睡眠の質を高めたり。

ハーブは数も多く、その効果もそれぞれ違う。

「へぇ、そうなのね。それはちょっと飲んでみたいわね」

「できたらお母様に飲ませて差し上げますね」

ニコッと私は母に向けて笑う。

「でもそれならやっぱり買えば済むんじゃないか?」

「畑仕事をすることで、身体を鍛えるんです。太陽の光も浴びられますし」

走ったりするより飽きずに楽しめる気がする。

「ついでに野菜も育てたいです」

「そうか。じゃあ畑仕事ができるように、庭に場所を確保してあげよう。温室も必要かな?」

「お願いします!」

温度調整が難しいものもある。そういったものは温室で育てよう。

「無理をしすぎないようにな」

「はい! ありがとうございます!」

やった! これでまた健康に近づいたわ!

ああ。前世でベランダで家庭菜園していたことを思い出す……。

最終的に多忙過ぎて職場で育て始めてたわね。世も末。

私は取り寄せるハーブや野菜を思い浮かべてにんまりした。

二週間後。

「届いたー！」

たくさんのハーブと野菜の苗が届いて私はウキウキしていた。

目の前には大きな畑。さすが娘溺愛の父。軽く作るか、と言っていたが、とても立派な畑を作ってくれた。持つべきものは財力のある父親である。

父が浮かれている私を見て機嫌良くしながら口を開いた。

「温室は完成までもう少しかかるらしい」

「完成が楽しみです！」

温室で育てる予定のものはまだ苗を頼んでいないから、完成して新たに苗を選ぶのも楽しみだ。

さて、とりあえず父が作ってくれた畑には、どれから植えよう。

「フィオナ！」

私が軍手を装着したところで、兄が駆け寄ってきた。

「どうしました?」

急ぎの用事でもあっただろうか。

兄は興奮冷めやらぬ様子で口を開いた。

「ニキビが！　なくなったんだよ！」

ニキビ?

「ほら、ここ！」

兄が髪をかきあげる。

「ここにいつもニキビがあって気になってたんだ！」

「そうだったんですか?」

「そうなんだよ！」

兄は嬉しそうな顔をする。

「ずっと……ずっと悩んでいたんだ……ずっと……」

「そ、そんなに悩んでいたんですね……」

正直ニキビがあったことにすら気付いていなかった。だって髪に隠れてたし。

でも兄もお年頃。目立つところでないとしても、自分の顔にニキビがずっとあるのはストレスだったようだ。

「これもフィオナの食事のおかげだ。初めは何のことかと思ったが、こうして効果が現れるとは……ありがとう！」

「ニキビも食事で改善されることがありますからね。あと、私は指導しただけで、実際は料理長やコックの皆さんのおかげですよ」

「そうだな！　料理長たちにも何か褒美をあげないとな！　さっそく手配しよう！　またなフィオナ！」

兄は嬉しそうに手を振って去っていった。

「フィオナ」

と思えば今度は母が来た。

母は軍手をしたままの私の手を握りしめた。

なんだろう。もしかして貴族令嬢がこんなことするんじゃないと叱られるパターン⁉

「お、お母様……」

「すごいのよ！　フィオナ！」

母が興奮した様子で言った。

「朝までぐっすり眠れるようになったのよ！」

「眠れるように……？」

ふう、と母が憂いを帯びた顔をする。

「実は私眠りが浅いみたいで、夜中何度も起きていたの。この人のいびきでも起きてしまうし」

この人、と指をさされて、父がサッと顔を背けた。

お父様……いびきかくんだ……。

「とにかく朝が辛いし、一日眠くて集中できないしで困っていたのよ。それがなんとここ最近一回も起きていないのよ！　さらにお父さんのいびきも改善されたの！」

改善されたと聞いて父が顔をこちらに戻した。よかったね、お父様。

「そうなのですね。不眠の原因は多岐にわたるので一概に食事のおかげとも言えないと思いますが、食事を改善してから治ったのなら関係ありそうですね」

「そうよね！　身体も心なしか軽くなった気がするわ！　ありがとうフィオナ！　前は不満そうにして悪かったわ！　私この生活続けてみるわね！」

母は楽しそうに去っていった。

するとコホン、と父が咳払いをした。

「実は私も……」

父が少し照れて言った。

「長年の便秘が改善されたんだ」

……………。

「へ、へぇ～」

食事によって便秘が治る。よくある話だ。

だがそれはわざわざ教えてくれなくてよかった。

実の父親のお通じ事情など知りたくない。

「今の食事を続けることをおすすめします」

「うむ、そうだな」

父が大きく頷いた。

「では私は仕事に戻る。お前も無理しないで程々にするんだぞ」

「はい」

私は父を見送って作業に戻ることにした。

父も母も兄も、初めは不満そうだったが、実際に健康的な食事にしたらいい方向に転がったようでよかった。

あれだけ、肉！　油！　カロリー！　って感じの食事ばかり取っていたら、そりゃ私みたいに病弱でなくても、体調が優れなくなるだろう。

家族からの理解が得られてよかった。それだけでやりやすくなる。

「ここのハーブや野菜を使えばもっと健康になれるはずよね」

料理長にここの物を使って料理していいと伝えておこう。

私はあれこれ計画しながらハーブを土に植えた。

「ハーブちゃん元気ね～」

私はハーブに水をあげながら話しかける。

元々ハーブというのは野菜より育てやすいものが多い。手がかからないがしっかり育つハーブは家庭菜園初心者にうってつけだ。

話しかけると植物は元気になるという。植物が話しかけられて喜んでるのかと思いきや、逆に話しかけられるストレスで強くなると聞いたが本当だろうか。

「フィオナ」

「わ！　お父様か……」

ノリノリで水をかけているところに話しかけられ、私は一瞬肩が跳ね上がったが、相手が父だったので胸を撫で下ろした。

この家にたまたま訪れたお客さんが畑仕事で汚れた私のこの姿を見たら、私がおかしくなったと思われて大変な事態になるかも知れないが、父は私のこういう行動は受け入れてくれている。自分が健康になったらさらに好意的になった。

「よく面倒を見ているな」

「はい！　楽しいです！」

私は父にハーブを見せる。

「これはオレガノと言って、胃腸の調子を整え、消化を促進する効果があるんです」

私は胃腸が弱いので、最近食事によく使ってもらっている。

「これはバジルで、よくパスタなどに使われるものですね。味がいいのはもちろんですが、身体の様々な機能を高めてくれる上に、鎮静作用もあるんです。腹痛や吐き気、胃痙攣や頭痛といったものに効果的です」

これも日常的に取り入れやすいのでよく使うハーブだ。

「そしてこれはフェンネル。お父様にうってつけのハーブです」

「私にか？」

「これはですね……」

私はフェンネルを父に見せる。

「便秘を治してくれるんですよ」

「これがか⁉」

父がフェンネルに震えた手で触れた。

「おお……これのおかげで便秘が治ったのか……」

「いえ、これだけではないですけど」

家族の食事は全体的に見直したので、フェンネルだけの効果かと言えば、そうとは言いきれないだろう。だが父の悩み解消に一役買ったのは否定できない。

「ふむ……」

父が顎に手を当てる。

「少し考えたんだが……これで商売をしないか？」

「え？」

これで商売って……このハーブ？

「ハーブは今までただの香辛料扱いだった。だがそれぞれ効果があることがフィオナのおかげでわかったから、それを売りにすればいい」

「それ？」

「効果を大々的に書いて売るんだ」

父がグッと拳を握った。

「オレガノなら胃腸を整える。バジルは鎮静効果。フェンネルなら便秘だ！」

フェンネルは便秘解消効果もあるけど、それより消化不良などの健胃作用で使われることが多いんだけど……間違いではないしまあいいか。

効果……確かに、効果が書いてあるとわかりやすいし、興味も持ってもらえるかもしれない。

「ですが、ハーブは薬と違ってそのまま食べるものではないことが多いのです」

ハーブの大半はこの国では料理に使われる。だから効果が書いてあって、それ目的で買いとったとしてもどうしていいかわからずに、扱いに困るはずだ。

「そうか……」

ダメか、と父が肩を落とす。

私はそんな父にニコッと微笑んだ。

「でも、こうしたらいいと思います」

「なんだ⁉」

私は父の耳元で、そっとその方法を話した。

「な、なるほど……それはいけるな！　さっそく事業計画を立てよう！　ありがとうフィオナ！」

父は私の案を取り入れてくれたようで、嬉しそうに走り去っていった。

この事業が成功したら、我が家はさらに裕福に。私の幸せニート生活へのさらなる足掛かりになるはずよ！

私は自分の未来を予想して、ルンルン気分でハーブの手入れに精を出した。

正確には出そうとした。

「おい」

ある人物に邪魔されるまでは。

「げ、ルイス」

「げ、とはなんだ！　げ、とは！」

思わず出てしまった言葉にルイスが噛み付いてくるが、いきなり現れるのが悪いと思う。心構えがないから本音が出てしまったじゃないか。

「何の用なのよ」

と、口にしてから、あ、もしかして、と当たりをつけた。

「婚約破棄の申し出に来たのね⁉」

この間婚約破棄しようと伝えたばかりだ。そしてその後音沙汰なしだったが、今日こうして来たということは、きっと婚約破棄の手続きをしに来たのだろう。

「待ってて、今お父様に……」

新事業に燃えているが、娘の婚約破棄となれば、すぐに手を止めて話を聞いてくれるはずだ。

そもそもこの婚約は我が家からの申し出ではなく、ルイスの家からの申し出。

公爵家と繋がりができるのは有難いけれど、我が家としては、そこまで押し通したいものでもないのである。

亡き祖父が決めた婚約でなければ、きっと父は、私の婚約にはもっと慎重になってくれたと思う。

「いや、婚約破棄の話ではない」

求めていた回答ではなくて、私はガッカリする。しかし、すぐに気持ちを持ち直した。

「じゃあいつする？」

七歳からの婚約だ。そう簡単に破棄できないのかもしれない。

だから時機を見ようという話ではないか。

そう思った私が話を振ると、ルイスはそんな私に首を横に振った。

「いや、婚約破棄はしない」

「……は？」

何？　なんて言ったの？

私たち仲悪いわよね？　お互い嫌々婚約してたわよね？

なのにどうして婚約破棄しないの⁉

「どうして⁉」

「俺だって婚約破棄できるならしたいさ。だけどこの婚約はおばあ様……俺の祖母が決めたものだ」

そこでハッとする。

ルイスの祖母。ゲームでも説明があった。

早くに母を亡くしたルイスの母親代わりに、ルイスを育てた人。

ルイスの父も頭が上がらない、公爵家の絶対的な権力者。

そうか。どうしてゲームでもあそこまで仲が悪いのにさっさと婚約破棄しないのかと思っていたら、このおばあ様が私たちの婚約を決めたからだったのか。

「祖母から許しが出ない限り婚約破棄はできない」

「そこを説得しなさいよ」

「今はタイミングが悪い」

「何それ。じゃあ、いつならいいのよ」

「それは……」

ルイスが歯切れ悪く黙り込む。

私だけでなく、あなたの人生もかかってるのよ⁉　私と婚約破棄したらスムーズにヒロインとラブラブできるのよ⁉

そう言ってしまいたいが、まだヒロインが現れる前だ。それなのにこんなことを言ったら頭のおかしいやつだと思われてしまう。自重自重。

「婚約破棄じゃないなら何の用で来たのよ」

私は婚約破棄できないことにガッカリしながらも訊ねた。

ルイスの用が婚約破棄ではないなら他に目的があるはずだ。ルイスは嫌っている婚約者に、用もないのに会いになど来ないから。

「いや、その……」

せっかくこちらから言いやすくしてあげたというのに、ルイスは再び歯切れ悪く下を向いてしまった。

なんなの。私も暇じゃないんだから、早くしてほしい。ハーブちゃんたちが私のお世話を待っているじゃないの。

「その、な」

「はい」

私はルイスが話しやすいように、相槌（あいづち）だけ打つ。

「その」

「はい」

「この間は」

「はい」

「……悪かった」

ポツリとルイスが呟いた。

「……謝罪ならこの間すでにしてもらっているけど」

「この間のことだけではなくてだな」

ルイスがどこか心もとなさそうに口を開く。

「今までの……体調が悪かったこと、気付けなくて悪かった。お前に言われた通り、俺はそばにいる機会が多かったから、きちんと見ていたら気付けていただろう。……俺は勝手に思い込んでお前を嫌って、向き合ったことがなかった」

驚いた。

まさかルイスがこんなに反省するとは思っていなかった。

「それは……言わなかった私が一番悪いわよ」

この間は私もカッとなって色々言ってしまったが、ルイスが私をきちんと見ようとしなかったことも一因ではあろうが、そもそも私が隠していたのだから気付かないのも無理はないのだ。

「それはそうだ」

私の言葉にルイスが頷いた。

……自分で言ったことだしその通りだと思うけど、肯定されるとイラッとするわね……。

私の苛立ちが伝わったのか、ルイスがハッとした表情をして咳払いをした。

「と、とにかく、これからはお前のこともきちんと気にかける」

「いや、気にかけてくれるのは嬉しいけど……」

私が気にかけてほしいのは婚約破棄のほうなのだけど。

「まあ……雑に扱われるよりはいいわね」

状況が改善されるというなら拒否する必要はない。ルイスと多少なりとも仲良くしていたほうが破滅フラグ回避になるかもしれないし。

でも一番はやっぱり婚約破棄するのがいいんだけど。

「で、用件はそれだけ？　私忙しいんだけど」

「何をしているんだ？」

「畑仕事よ」

他に何をしているように見えるのだ。汚れてもいい動きやすい服装に、軍手と長靴。そして麦わら帽子。どこからどう見てもこれから畑仕事する人間としか思えないだろう。

「貴族令嬢が畑仕事？」

「悪い？」

「いや……」

ルイスが私をじっと見る。

「変わりすぎじゃないか？　昔はこんなこと絶対やらなかっただろ？」

ギクッ。

「そ、そう……？　そんなことないと思うけど」

「お前はもっとワガママで世界は自分のものぐらい思ってるやつだっただろ」

「ちょっと！　そこまで性格悪くはなかったでしょ⁉」

体調不良のせいで、決していいとは言えなかったけど。だけどゲームのフィオナのように傍若無人に振舞ってはいない。

「あの倒れた日からだよな」

ルイスと喧嘩して倒れた日。そう、その日から私は確かに変わっただろう。

その時に前世の記憶を取り戻したからね！

まずい。ルイスが何か勘ぐっている。

だけど素直に「私、前世の記憶取り戻したの！　ここはゲームの世界よ！」なんて言ったら頭がおかしくなったと思われて、それこそどこかに隔離されてしまうかもしれない。

その隔離先が私の体調を気にしてくれるところだったらいいけど、厳粛な修道院とかだったらそうはいかないだろう。ああいうところは苦労や耐え忍ぶことを美徳としている。この病弱な身体で奉仕活動などさせられたら、それこそゲームのようなバッドエンドを迎えてしまう。

簡単に死んじゃうのよこの身体は！

「私、あれから自分の身体を労ることに決めたの」

一度目の人生は短命な上に社畜生活で何も満たされないで終わった。

二度目の人生はそうはさせない。

目指せ！　長生き！

「私は絶対百歳まで生きてみせる……！」

「それは長すぎないか……？」

目標は大きいほうがいいのよ！　あと日本の感覚だとそんなに長くない！

私の健康法で、私の寿命を延ばしてみせる！

「これも長生きのためなのか？」

ルイスが畑を指さした。私は頷く。

「そうよ。こうして畑仕事をすると身体を動かすから筋肉が付くし、日の光も浴びられるし。あとこの作ってる野菜やハーブも身体にいいのよ」

「どんな風にだ？」

「これはね」

私は父にしたのと同じ説明をルイスにする。ルイスは真剣に聞いていた。

この間もそうだったが、ルイスは私の健康知識を真剣に聞く。あまりこういった知識がこの国では一般的ではないから、親ですらあまり初めは聞く耳を持たず、信じてくれなかったのに。

どうしてだろう？

そしていつまでいるんだろうか。

私が作業したくてソワソワしていると、しゃがみこんでハーブを見ていたルイスが、察したらしく立ち上がった。

「長居した。そろそろお暇しよう」

帰ろうと出口に足を向けたルイスが、ふと立ち止まる。

「もし――」

そこまで言って、何か言いたそうにしながらも、口を噤んだ。

「いや、なんでもない。失礼する」

今度こそルイスは去っていった。

「なんなの……」

何を言いかけていたのだろう。

追いかけて聞いてみるか。

一瞬そう思うが、あの様子で話すとは思わない。

「やめやめ！　仕事仕事！」

気にするだけ無駄である。

私はそう判断して、畑仕事に精を出すのだった。

✦✧✦　✦✧✦

「フィオナ」

父が真剣な表情をする。

「はい、お父様」

私はゴクリと唾を飲み込んだ。

父の手には紙が握られている。

「大成功だ――‼」

「きゃー！　やりましたねお父様ー！」

父は相当嬉しかったのか、私を抱き上げてグルグル回し出した。

父の手にある紙。それは新規事業の売上だ。

そう、ハーブ販売である。

「すごいぞ！　すごいぞ！　こんな黒字になるとは！　フィオナ！　お前は天才だ！」

「それほどでもぉ～！」

褒められて悪い気はしない。

実際私の考えた案で大成功となったのだから少しぐらい天狗になってもいいだろう。

私が提案したこと。それは二つ。

一つは領地全体でハーブ栽培をすること。

我が家の庭で収穫できたハーブだけを売っても数が少なすぎる。だから領地全体で取り掛かることにしたのだ。

幸いなことに我が領地は元々酪農が盛んだった。そしてその片手間に畑仕事をする人も多かったのだ。

その畑部分をハーブにするだけで済んだので、そこまで苦労はしなかった。ハーブを植えて売れるのかと不安がる農民に、売れなかった場合の保証を付けたためにみんな拒否せず受け入れてくれたのも大きい。

スムーズな栽培ができて効率的に収穫できた。

そしてもう一つの提案。それは――。

「ハーブに効果とレシピを書くだけでこんなに売れるとは」

そう、ハーブを売る時に単体ではなく、ハーブの効果と、そのハーブで作れる料理を紙に書き、それをおまけでつけて販売したのだ。もちろん購入前の、店に並んでいるときからそれが読めるようにした。

「効果が書いてあって買いたくても、どうやって取り入れたらいいか、みんなわからないんです。でもレシピがあればそれを作ればいい。この国は健康意識が低いからと言って、みんな健康になりたくないわけではないですからね」

健康意識の低い私の家族すら、身体の不調をどうにかしたいと思っていたのだ。他にも同じような人は大勢いる。

そしてその読みは大当たりした。

「さっそく効果があったと報告もあるぞ」

父の言葉に私はニンマリしてしまう。

評判も上々のようで私も大変喜ばしい。

これだけ稼げば婚約破棄して引きこもりの娘になったとしても、ただのスネかじりではないだろう。私の罪悪感も幾分か減る。

「そうなれば存分にスローライフを満喫できるわ！」

自室に戻った私は悪役令嬢らしくホーッホッホッ！　と高笑いをした。

「何を仰ってるんですか」

アンネが呆れた声を出す。

「これを見てください」

バサッとアンネが何かをテーブルに置いた。

「これは？」

「新聞ですよ」

「新聞……？」

嫌な予感がして私は新聞を広げた。

そこには……。

「な、何これ～！」

大々的にエリオール侯爵領のことが書かれてあった。

そして一番大きな見出しは『エリオール侯爵の愛娘、隠していた才能！』

「『先日から話題のハーブであるが、なんと発案者はエリオール侯爵の娘、フィオナ令嬢であることが発覚した。彼女は誰も知らないハーブの効果についての知識を持っており、それが今回の流行の火付け役となった。フィオナ令嬢の兄、バート・エリオール侯爵令息は「あの子は昔からできる子でしたがそれを鼻にかけない子でした』と語っており』……お兄様！」

何インタビューに答えてるんだ！

そして兄の欲目が出てる。昔の私なんてただ兄について回って疲れて熱出してる子供だったよ！　特出したこともない身体の弱い子供だったよ！　お兄様、なかった事実を作ってる！

「これは地域紙？」

「いえ。国中の人間が読みます」

国民全員に嘘ついてる！

「どうしよう～！　私できる子じゃないよ～！」

これからみんなに「あ、あのインタビューの！」とか「本当なのかしら？」とか思われるのかな？　実際は違うとバレたらどうしよう！

「ご心配なさらずに。人の噂も七十五日。すぐに違う話題に変わります」

狼狽える私に、アンネが淡々と諭す。

「お嬢様への興味などあっという間になくなります」

「アンネ……事実だとしても、それはそれでちょっと傷つくわ……」

「なんと。せっかくフォローしたのに面倒なお嬢様ですね」

「アンネ……本音を隠さないのがあなたの美点ではあるけどね……」

「お褒めに与りまして光栄でございます」

「褒めてないけどね」

しかし、おかげで少し落ち着いた。

「そうよね。どうせただの記事だもの。いい宣伝になったと思えばいいわよね」

「そうでございます。何事も前向きに受け入れましょう」

アンネが新聞を私から取り上げる。

「そしてもう一つお知らせが」

「何？」

「婚約者様が来てます」

私は応接室をそっと覗（のぞ）き込んだ。

「本当だ……来てる……」

そこにはルイスがいた。

しかも新聞持ってる……。

何？　わざわざあれを持ってきたってことは、何かあの文章の中に問題があった？

私が読んだ限りルイスに関わることは何も書いてなかったんだけどな……。

何か言われるのが嫌だから逃げたいけどそうもいかない。婚約者が訪問してくれたというのに追い返せないし、私がどこかに隠れるわけにもいかない。会うしか選択肢がないのだ。

私は深くため息を吐いてから「よしっ」と気合いを入れて応接室に踏み込んだ。

「お待たせ」

「そこまで待ってない」

ルイスは待ちながら読んでいた新聞を閉じた。その新聞はやはりアンネに見せてもらった新聞と同じ、私のことが大々的に書かれていた。ちょっと気まずい。

「何か用？」

私は新聞のことに触れずに訊ねる。

するとルイスは私が触れてほしくない新聞を目の前で開いた。

「これはお前のことか？」

そのページには、先程の見出しが書かれていた。

「この『エリオール侯爵の愛娘、隠していた才能！』というのはお前のことだよな？」

その言い方やめてぇ！　隠していた才能じゃなくて前世の記憶を頼りにちょっと動いただけなの！

「エリオール侯爵であるお父様が他に子供を作っていなかったらね」

「なら間違いないな」

ルイスが即返事をしてきた。

お父様の信頼感……。

「これは本当のことか？」

「どれ？　お兄様の言ってることは兄フィルターがかかってるから違うわよ」

「そこじゃない」

ルイスが記事の一部を指さす。

そこには『誰も知らないハーブの効果についての知識を持っており』と書かれていた。

「ああ……確かにそうよ。ハーブについては一応少し知ってる」

「あのハーブと一緒に効果と料理のレシピを考案したのがお前なのか？」

「だからそうよ」

疑っているのだろうか？　まあ前世の記憶が戻るまでルイスの前でそういった知識があるような素振りはしなかったから……というか実際知らなかったから、ルイスからしたら意外すぎるのだろう。

「嘘じゃないわよ。なんだったらお父様を連れてきても……」

「疑ってはいない。確認したかっただけだ」

ルイスが新聞を閉じた。

「頼みがある」

「頼み……？」

ルイスから頼まれごとをするなど初めてだ。私は少し身構えた。

ルイスは意を決したように、ゆっくり口を開いた。

「祖母に会ってほしい」

第三章　ルイスの祖母

「ふおおお……」

思わず令嬢らしくない声が漏れてしまうが、それも仕方ないと思う。

目の前にはお城があった。

私の家もお城だ！　と思っていたけどこれを見たら「大きな家だな」と言えるぐらいの差がある。

「どうした？　今までだって来てただろ？」

門から遠い屋敷を前に呆然としている私に、ルイスが不思議そうにする。

はっ！　いけない！　前世の記憶が蘇ったせいか、たまに意識が前世の自分になってしまう！

私は少し恥ずかしくなってコホンと咳をしてから、ルイスの後について行った。

ルイスの言う通り、何度か訪問している。

でも、ルイスの祖母に会ったのはたった数回。

「なんだ、小娘……来たのか……」

なぜならとても気難しい人だからだ。

ルイスに案内されたルイスの祖母の部屋は、彼女らしくさっぱりした内装で、小物なども実用的な羽根ペンなどで、飾りなどはあまりない。

この人が私の部屋を見たら無駄な物ばかりだと怒るだろうな、と思った。

「こんな小娘を連れてきて……どうしようって言うんだい……ああ、しゃべるだけで疲れた……」

ルイスの祖母は私の知る姿より、だいぶ痩せ細っていた。以前はもっとハキハキ話していたのに、皮肉はそのままだが、声に覇気がない。元気のある頃だったら、もっと私に喝を入れていたはずだ。

彼女の言う通り、話すのも辛いのだろう。疲れたのか、ベッドで横になったまま瞼を閉じてしまった。

少しして寝息が聞こえた。

「数ヶ月前から徐々に弱っていったんだ」

ルイスが祖母の寝顔を見ながら状況を教えてくれた。

「食事もろくに摂れなくなって……ついにはこうして寝たきりになってしまった。食事も俺が介助して食べさせてはいるが……一向に良くならない」

「お医者さんには？」

ルイスが首を横に振った。

「原因がわからないと匙を投げられた」

「そんな……」

なら、ルイスの祖母はこのまま……。

「……俺は祖母に育てられた」

ルイスが淡々と語る。

そう、ルイスは幼い頃に母親を亡くしている。妻を亡くしてから父である公爵は仕事ばかりであまり家に寄り付かなくなった。元々仕事人間ではあったようだが、ルイスの両親はとても仲がよかったそうなので、きっと家に帰ると妻を亡くした悲しみを実感してしまうことも理由だったんだろうと思う。

そして、一人になったルイスを育てたのは、ルイスの祖母だ。

気が強く教育熱心なルイスの祖母は、決して彼を甘やかしたりはしなかった。常に跡取りとして意識するようにと指導し、ルイスに次期当主として自覚と責任感を促すために、自らルイスに合う娘を選んで婚約者にした。

そう、私とルイスはルイスの祖母の一存で婚約したのだ。

なぜルイスの祖母が私を選んだのかはわからない。でもルイスは私に不満があろうと、祖母の言いつけ通り私と婚約を続けた。それが祖母が望んだことだから。

ルイスにとって祖母はそれだけ大事な存在なのだ。

その祖母が今にも死ぬかもしれない。

それは彼にとってどれだけ苦しいものか。

「祖母を死なせたくない……俺が跡を継ぐのを楽しみにしてるんだ」

ルイスが立派な公爵家の跡取りとなること。それがルイスの祖母の願いだった。

すっかり痩せ細った祖母の手を握りながら、ルイスが口を開いた。

「……最近、お前は元気になったよな」

「え？」

「自分で栄養とか考えているんだろう？」

「え、ええ……まあ……」

初めの頃に比べたら元気になっていると思う。寝込む時間も減ったし、歩いていられる時間も長くなった。

ルイスが祖母の手を離し、私に向き直った。まっすぐな視線が私を射抜く。

「頼む。その知識を貸してくれ」

ルイスにバッと頭を下げられた。

「え？　ちょっと」

突然の展開に戸惑いつつも、私は慌ててルイスに頭を上げるように促す。しかし、ルイスはその姿勢のまま続けた。

「医者には何の病気かわからないと言われた。このままでは余命いくばくもないとも……もう手立てがない……でも可能性があるならできることをしたいんだ」

「ルイス……」

ルイスはプライドの高い男だ。そのルイスが頭を下げて懇願している。

彼にとって、プライドより何より、大事なもの。

それが祖母なのだ。

「フィオナ、最初で最後のお願いだ」

頭を下げて必死に。

ただ祖母が治ることを願っている。

「頼む」

それを無視などできるものか。

「わかった」

ルイスがパッと顔を上げる。その期待に満ちた瞳に、私は狼狽えながらも言った。

「わかったけど！　……でも、私はお医者さんじゃないし、あくまで健康オタクってだけだから、治せる保証もないわよ？」

「それでいい。ありがとうフィオナ」

いつになくルイスが素直だ。

「試せるだけ試したいんだ。ダメだったとしても、それは仕方ない。でも、少しでも可能性があれば……」

「ルイス……」

ルイスの、祖母への深い愛情を感じた。ほぼ祖母と二人で暮らしてきたルイス。彼にとってかけがえのない肉親なのだ。

「えっと……栄養と言っても色々あるのよ。今聞いた感じだとおばあ様が栄養不足なのは間違いないでしょうけど……一応参考に、どうしてこうなったのか、きっかけとか聞いてもいい？」

「ああ、もちろんだ」

ルイスが当時のことを語り出した。

「祖母ももう高齢だからな……最近食事が喉を通りにくいと言って、好き嫌いが増えたんだ。そのうち固いもの……肉やフルーツなどを食べなくなって、パンも嫌がるようになった。最近では異国から取り寄せた米というものをよく食べていたから安心していたんだが……それでも気付けばここまで体力が落ちてしまって……」

「米⁉」

米は貴重だ。この国ではまだあまり馴染みがなく、他の日本食材と同じように手に入りにくいはずだ。

それが手に入るとはさすが公爵家。いや、それより……。

「米は白米……？」

「……？　ああ、白い米だが。柔らかくて食べやすいと言っていた」

ルイスの祖母はここ最近米ばかり食べていた……。

他のものは食べず、米ばかり……。

食べ物の偏り……もしかして。

私はハッとしてルイスの祖母を見た。

「おばあ様、手や足の先に痺れや痛みは？」

「……そういえば、足が痺れて歩けないと言っていたが」

やっぱり！

「ルイス、一つ持ってきてほしいんだけど……」

私はルイスにある物を持ってくるように指示を出した。ルイスは私の指示に不思議そうにする。

「ああ、用意できるが……何に使うんだ？」

「いいから！」

私はルイスに早く持ってくるように促した。

私はルイスの祖母を見た。痩せ細ってしまい、あの元気なおばあ様とは思えない。

私の予想だと、おばあ様は……。

「持ってきたぞ！」

戻ってきたルイスの手にあるのは……小さめの木槌だった。

「ありがとう！　あとは、おばあ様を座らせてくれる？」

「え？　だが、起きているのも辛そうで……」

「病気の診断に必要なのよ！」

私の言葉にルイスが驚きの表情になる。

「わかったのか⁉」

「それを判断するためにお願いしてるの」

ルイスは慌てて祖母に「少しごめん」と声をかけて、その身体を起こした。ルイスの祖母は抵抗する元気もないのだろう。なすがままだった。

私はベッドに腰掛けるルイスの祖母のズボンの裾を捲り足を出し、出てきた足に木槌を向ける。

ルイスが慌てて止めに入った。

「待て！　まさか足をそれで叩くんじゃないだろうな⁉」

「そうよ」

「そんなもので叩いたら足の骨が折れるだろ！」

「軽く叩くだけだから大丈夫よ。心配しないで」

私はルイスからの圧を感じながら、ルイスの祖母の足の膝下を軽く叩いた。

反応しない。

「間違いないわ！」

「何が？」

祖母を再びベッドに横にしたルイスが訊ねてくる。

「高齢だと色んな病気が疑われる。心臓や脳、神経の病気……その他色々。年齢による病気は正直私にはお手上げよ。でも」

私にそれらの難病を治す方法はない。一般常識としてそういう病気があるということを知っているだけで、私は医者ではないからだ。

ただ、そんな私でも治せる病気がある。

「おばあ様の病気は加齢によるものじゃない」

「なんだって？」

祖母は年齢によって弱っていたと思っていたのだろう。ルイスは驚きを隠せない。

私はルイスにもわかりやすいように、噛み砕いて説明する。

「人間の足は通常、さっきみたいに叩くと上に跳ねるの」

「上に……跳ねる……？」

しかし、口で説明しても、よくわからないようだった。

「想像しにくいわよね。ルイス、そこの椅子に座って足を出してくれる？」

わからないのなら、実演するのが一番手っ取り早い。

「わかった」

ルイスは素直に椅子に座り、ズボンを自ら捲ってくれた。

ルイスが緊張しているのがわかる。私は安心させるように微笑むと、ルイスの足に木槌を向けた。

そしてコンッと軽く叩いた。

すると足は反射的に跳ね上がった。

「本当だ！　自然と跳ね上がったぞ！」

「こうやって跳ね上がるのが普通の人の反応なの」

ルイスが感動した様子で大きな声を出す。

「でもおばあ様は無反応だった」

やや興奮していたルイスは私の言葉でさっきの様子を思い出したようでハッとした。

「通常上がるのが上がらない……ということはやはり祖母は何かあるんだな？」

私は深く頷いた。

「おばあ様の病気は――」

私は確信を持って呟いた。

「脚気（かっけ）よ」

知らない単語なのか、ルイスは言葉を繰り返した。

「かっけ？」

「ええ」

ルイスが知らないのも無理はない。これはパン食がメインであるこの国ではあまりない症例だろう。

日本でも昔は原因不明の不治の病だと思われていた病で、医療が日本より遅れているこの世界ではまだ解明されていない病気の可能性もある。

もしかしたら私が介入してしまうことで、何かこの世界の流れを壊してしまうかもしれない。

だけど、知っているのに知らないフリはできない。

「前に栄養について軽く話したわよね？　人間の体はすべての栄養を上手く取り入れることで活動しているの。どれかが偏れば病気になるし、食べないと栄養失調で不調になるわ」

お菓子ばかりの偏った食事だと糖尿病になりやすいし、塩分の多い食事は高血圧になりやすい。栄養はどれかだけとればいいのではなく、満遍なくとることが必要なのだ。

「でも祖母は毎食きちんと欠かさず自分で食べていたぞ？　食べられる食べ物は限られてはいたが……少し前まではそれでもここまでじゃなかったんだ」

「でもある時を境に、白米がメインになってしまったわよね？」

「あ、ああ……」

「食事が喉を通りにくいということは、歯が悪くなったか、顎の筋肉が落ちたか……原因は置いておいて、そうなると、おかずは食べずに、柔らかいお米ばかりになってしまったのでは？」

「確かにその通りだ」

やっぱり……。

「お米……白米だけでは人の身体は維持できないの。特におばあ様は、ある栄養が不足してしまった」

人間には摂らなければいけない栄養がある。摂りすぎても摂らなすぎてもいけない。

そして脚気という病気はある栄養が不足して発症する。

「おばあ様にはビタミンB1が不足している」

「びたみんびーわん……？」

私は頷いた。

「これが不足すると脚気になる。脚気になると怒りやすくなったり、疲れやすくなったり、食欲が落ちたりする。そのうち神経に異常が生じて、手足に痺れや痛みが出る……そしてさらに進行すると手足の浮腫(むくみ)や胸水が溜まったり、心機能も低下して——最悪、心不全で死ぬ」

「死ぬ⁉」

ルイスが私に詰め寄った。

「祖母は死ぬのか⁉」

「まだそこまで進行してなさそうだから落ち着いて！」

ルイスがホッとしたように息を吐いた。

「でも、そんな恐ろしい病……どうしたら……」

死なないとは言われたが、不安が襲ってきたようだ。

「安心して。治るわよ」

「ほ、本当か⁉」

「ええ」

私はにこりと笑った。

「食べる物を変えるだけよ」

「え……？」

私はルイスにもわかりやすいように説明する。

「言ったでしょ？　この病気はビタミンB1が不足しているからなるって。おばあ様が脚気になったのは、白米が原因よ」

「なんだって？」

私は間違いがないように訂正する。

「白米自体は問題ないの。いろんな食材に合わせやすいし栄養もあるし、とてもいい食材よ。でもこれを単体で食べ続けることには問題があるの」

そう、かつて白米を食べ続けた日本では、その習慣が原因で国民病として恐れられた。

「白米はビタミンB1がとても少ない食材なの」

昔の日本人は玄米を食べていたから問題なかった。しかし、精米技術が発達して国民全員が白米を食べるように習慣が変わると、脚気が原因不明の病として問題になったのだ。

またパンは白米よりビタミンB1が含まれているので、パンやパスタが主食だった欧米諸国ではまったくないわけではなかったが、日本ほど問題にならなかった。まさに白米主義だった日本だからこそ国民病となったのだ。

現代日本の治療法なら、点滴などでビタミンB1を体内に補充するはずだが、この国にそういったものはないだろう。病気がわからなくて医者が匙を投げたぐらいだ。都合よく治療に必要なものだけ用意されてなどいないはず。

だから食べ物でなんとかしないと。

「白米を一度やめて、発芽米や玄米……は手に入らないわよね……」

「探せばあるかもしれないが、時間がかかると思う。白米も簡単に手に入れられた訳ではないからな……」

簡単に手に入らないものを、祖母のために用意したのだ。そこに、ルイスの祖母への思いが感じられた。

「ならパン粥にしましょう。固いものは食べられなさそうだから、その粥の中にペーストにしたほうれん草や大豆などの豆類を入れて。豚肉や、赤身のお肉もいいわよ」

「わかった」

「回復するまで少しかかるかもしれないけど……まだ会話もできていたし、そこまで危ない状況ではないと思うから、必ず治るはずよ」

治る、という言葉に、ルイスが安心したように肩の力を抜いた。

「そうか……そうか、治ってくれるのか……そうか……」

心の底からの安堵の言葉。

ルイスにとって、祖母の存在は大きいのだ。

幼い頃に母を亡くし、父は家に寄り付かない。頼れるのは祖母だけ。

自分に愛情をかけてくれた最愛のたった一人の祖母が弱っていくのを見るのは、辛かったに違いない。

「よかったわね、ルイス」

「ああ……」

医者も匙を投げた不治の病。いつ祖母の容態が悪化するかときっと気が気でなかったはずだ。

これでルイスの憂いも消えただろう。

そう思ったが、私はルイスの手が微かに震えていることに気付いた。

「ルイス？」

「俺が……」

ルイスの声が震えている。

「俺が白米など用意したから……」

ルイスは自分を責めていた。

そうだ。白米が原因だとわかったけれど、それを手配したのはルイスなんだ。

最愛の祖母の病気の原因が自分の行動だとわかって傷つかないはずはない。

「違うわ、ルイス」

私は自分を責めるルイスの肩に手を置いた。

「白米は何も悪いものじゃない。心配して少しでも食べられるようにと白米を用意したあなたのおばあ様への気持ちも悪くない」

「だが」

「でも」

私はルイスの言葉に被せて言った。

「もしおばあ様を長生きさせたいなら、もっと栄養を考えていかないとね。だって栄養を知らなかったからこそ起こったことだもの。大丈夫、私が教えてあげるわ」

ルイスが俯けていた顔を上げた。

「長生きさせて、曾孫まで見せてあげましょうよ」

落ち込んだ表情だったルイスが、徐々に頬を緩めて。

「──そうだな」

幼い頃、初めて会った時のように微笑んだ。

「なんだい！　まーた来たのかい！　暇なのか!?」

元気すぎるわ……。

私はおばあ様が順調に回復しているか確認するために訪れたハントン公爵家で、健康チェックするはずだったルイスのおばあ様本人になじられていた。

いや、彼女からしたらこれはただの挨拶なのだろう。上流階級なのに口が悪い。いや、上流階級だからこそ、咎める人もいないからこうなってしまったのか。それとも年齢もあるのか。

とにかく口の悪いおばあ様とルイスとの気まずい昼食をとることになってしまった。

「お元気そうで何よりです」

「ふん、お前が余計なことをするから死に損なったわ！」

そう言いながらしっかりご飯を食べているようで安心した。

おばあ様が食事を摂れなくなったきっかけは顎の筋肉の低下だったらしく、顎を鍛える運動も始め、また固いものが食べられるようにトレーニングをしているらしい。

おばあ様は、チラッと私を見る。

「お前はどうなんだい？」

「え？」

「身体の調子はいいのかい？」

おばあ様には、ルイスを通じて私の身体の弱さについて伝えてもらっている。そのほうが今後何かといいかと思ったのだ。

しかし……まさかあのおばあ様が、私を心配してくれているのだろうか。

私は驚きながらも答えた。

「えっと……以前よりは体力は付いたかと」

「ふん」

おばあ様が私を観察するようにじっと見つめる。

「まだまだ細いじゃないか。そんな身体で子供を産むつもりかい？」

「こ、子供!?」

驚いてスプーンを落としそうになった。

「子供って……」

「曾孫まで見せてくれるって言ってただろう」

「聞いてたんですか⁉」

あの話をしていたのはルイスのおばあ様の部屋だった。てっきりおばあ様は眠っているとばかり思っていたのに。

「あたしはね、年はとってるが耳はいいんだよ」

トントン、とおばあ様が指で自分の耳を突く。

「元気な曾孫を産んでもらわなきゃ困るね。しっかり食べな」

「え、あ、あの……」

あの会話の曾孫を産むのは私ではなく、婚約破棄したあとに、他の人とルイスが一緒になったら、という前提の話でして……。

と言いたいが、機嫌の良さそうなおばあ様に話して機嫌が急降下したらと思うと言えない。まだ病み上がりだし。

「お前でも食べられるように、ルイスに聞いて用意させたご飯だからたんまり食べな」

「あ、ありがとうございます」

確かに肉も脂身が少ないもので、野菜多めのメニューにしてくれていた。病み上がりのおばあ様用かと思っていたが、私のためだったらしい。味もさすが公爵家お抱えのコック。素晴らしい味できっと王宮の料理にも勝るとも劣らない出来だ。

と考えて頭にパッと我が家の料理長が「お嬢様～」と泣いてる姿が思い浮かんだ。料理長！

我が家の味も大好きよ料理長！

「それにしても、医者も匙を投げるような病を治しちまうなんて、さすがあたしが選んだ子だね」

褒められている……と思っていいのだろうか。

「あの……おばあ様はどうして私をルイスの婚約者に……？」

実はずっと気になっていた。

ルイスの婚約者として見合う相手は何人もいたはずだ。公爵家と縁続きになりたい人間など山ほどいる。それこそより取りみどりだったはずである。

その大勢いる中から、なぜ私を選んだのか、ずっとわからなかった。

「ああ、それは……」

おばあ様は私を見た。

「勘だね！」

私はブロッコリーをフォークで刺したまま固まった。

「か、勘ですか……？」

「ああ。勘」

おばあ様は頷いた。

「あの時……ルイスの婚約者を決めるために、同年代の子供を集めたパーティーを開いた。みんな色めき立つ中、お前だけはツンとすました顔で立っていた」

それたぶん体調悪かっただけじゃないかなあ～～!?

そのパーティーが開かれたのは七歳の時だ。もう記憶もあまりないが、たぶん「辛い……早く終わらないかな……」と思っていたんだと思う。

「その姿を見て、お前ならしっかりした女主人になりそうだと思った。そしてあたしの勘はあたったようだね」

「そ、そうですか？」

しっかりしていると言われて悪い気はしない。成人していた前世の記憶もあるんだからしっかりしていないとまずいだろうという気もするが、それはそれ、これはこれだ。

「それにルイスも」

「おばあ様」

おばあ様が何か言おうとしたのをルイスが遮った。おばあ様は楽しそうに「まあいい」と続きは言わなかった。

気になる。言ってほしい。

しかし、おばあ様もルイスも続きを教えてくれる気はないようだった。

「生き長らえちまったものは仕方がないからね。お前たちの子供を見るまでは生きてやるとも」

「え、いや……」

「なんだい？」

おばあ様がギロッと私を見た。

「まさか、ルイスが気に入らないのかい？」

「いいいいいえいえまさかそんな！」

ルイスが私ではなくヒロインを選ぶんですよ！　と言いたいが言えない。ヒロインが現れてない今、そんなことを言っても頭がおかしいと思われてしまう。

「ふん、ならもっと食べて体力を付けな！　元気な跡取り産んでもらわないといけないからね！」

おばあ様に促されて料理をまた食べ進める。

私はルイスに視線を向けた。私に気付いたルイスが笑う。

「おばあ様なりに感謝を伝えているんだ。素直に受け取ってくれ」

「……わ、わかったわ」

私たち険悪な仲だから、おばあ様がくっつけようとしてくるのが気まずいからフォローしてほしくて視線を送ったのだが、そう言われると素直に応じるしかない。

せっかく元気になったのだ。いらぬ波風は今立てなくていいだろう。

「もうお腹がいっぱいなら、散歩でもしてきな。婚約者とは仲良くするもんだよ、ルイス」

「はい、おばあ様。じゃあ行こうか、フィオナ」

ルイスがこちらに手を差し伸べる。

え、困る。

そう思うが、そんなことを言われて断れるはずもない。

私はルイスの手を取った。

「わあ～！　綺麗！」

気乗りしなかったルイスとの散歩だったが、ハントン家の庭は素晴らしかった。

色とりどりの花が咲き誇り、まるで妖精の国のようだ。

「おばあ様は庭が好きで、拘（こだわ）って手入れしているんだ」

「素晴らしいわ！」

私は花に顔を寄せる。甘い香りが漂ってきた。

我が家の庭は私のせいで畑になってるからなぁ……。

景観を楽しむということを思い出したわ。もう少し花が咲くハーブとか育てようかな。

「フィオナ」

ルイスが私を呼んだ。

私が振り返ると、ルイスが真剣な表情でこちらを見ていた。

「本当にありがとう」

そして頭を下げた。

「祖母が元気になったのはフィオナのおかげだ」

「そんな……私はアドバイスしただけで、その後はルイスが頑張ったじゃない」

あの頑固なおばあ様だ。初めは提案した食事を食べたくないと言ったりしたに違いない。そのおばあ様を説得して食事を摂らせたのはルイスだ。

元気になるまでたまに様子を見に行ったが、食べたくないと駄々をこねるおばあ様を根気よく説得していた。ルイスの努力がなければ、おばあ様は今のような日常生活には戻れなかったはずだ。

「いや、あのまま原因不明だったらどうなっていたことか……そういえば」

ルイスが首を傾げた。

「どうしてフィオナはあの病気を知っていたんだ？」

ギクゥ！

「そ、それはその……」

どう言い訳しようか。

転生前の私が健康オタクを拗(こじ)らせて偏った食事をするとどうなるかまで調べまくった結果だなんて言えない……！

そもそも前世のこととか言ったら頭がおかしいと思われてしまう！

「む、昔本で読んだことがあって……」

困った時のお手軽言い訳。「本で読んだ」

一度ならず二度までもこの言い訳を使うことになろうとは……。

「へえ、どんなタイトルの本なんだ？　読んでみたいな」

「昔すぎて忘れちゃったの」

お手軽言い訳その二。「忘れちゃった」

きっと私だけでなく転生者はこれをよく使ってるはずよ。知らないけど。

「そうなのか。残念だな」

うっ、毎回言い訳する度に罪悪感が……！　みんなが存在しない本を残念がってくれるから……！

いっそいつか偽名で本を出そうかしら。婚約破棄したあとスネかじりするつもりだったけど、可能なら独り立ちはしたほうがいいし、いい収入源になるかも。

「まあ、本はそのうち探そう。それから」

ルイスが私に近づいた。綺麗な顔が近くなってドキリとする。

「何か願いはないか？」

「願い？」

なんで？

「祖母を助けてもらったお礼と言ったらなんだが……何か俺にできることがあったら言ってほしい」

「ルイス……」

おばあ様を助けてから、今までの私への態度から一変、とても優しくなったと思っていたけど……。

まさか願いを叶えてくれるほどだったなんて！

あるわよ願い！　ルイスにしか叶えられない願いが！

「婚約破棄したいの！」

前にルイスに婚約破棄のお願いをした時は、同意していたはずだ。

ただ、タイミングが悪かったと……おばあ様が寝込んでいたから伝えられなかったと言っていた。

でもおばあ様は元気になった。もう婚約破棄について伝えて問題ないはずだ。

私は死亡フラグを回避できて、ルイスは嫌いな私と結婚しなくていい。

お互い損のないお願いのはず。だけど……。

「……」

「……」

勇気を出してお願いしてみたが、ルイスからの返事がない。

無意識に逸らしていた視線をルイスに移すと、彼は静かにこちらを見ていた。

ルイスがおもむろに口を開いた。

「なんで婚約破棄したいんだ？」

「え」

理由を訊ねられるとは思わなかった……。

「えっと……」

なんて言おう。正直に死亡フラグを折りたいからとは言えないし。

「ほら、私嫌われてるから、公爵家の嫁には相応しくないと思うの」

貴族の女性は結婚したらその家のために社交を行わなければいけない。

公爵家は大貴族で、その家に嫁ぐということは、社交界の顔とならなければいけないということだ。

それなのに、嫌われ者の私が公爵家の代表となれば、家名に泥を塗りかねない。

それは結婚相手として致命的な欠点だ。

「なんだ、そんなことか」

しかし、ルイスはなんてことのないように言い放つ。

「そんなことって……」

大事なことだ。実際それで婚約破棄になったり、結婚できない女性も多い。それだけ大事な役割なのだ。

「ハントン公爵家が、社交に左右されるほど、ちっぽけな家門だと思っているのか？」

ルイスに問われて、私は咄嗟（とっさ）に首を横に振った。

実際ハントン公爵家は王室に次ぐ地位を持つ家門である。

「言いたいやつには言わせておけばいい。文句を言うやつは教えろ。潰す」

潰す⁉

悪口ぐらいで相手をどうにかしたいとは思わない。私は慌てて首がもげそうな勢いで横に振った。

「これで問題が一つ解決したな。他は？」

「え、えっと……」

他……一番大事なことがある。

実は私がずっと気にしていたことが。

「私、身体が弱いから、子供が出来るかどうかもわからないわよ」

そう、貴族としてもっとも大事なことだ。

子を生し、家を繁栄させること。

それが貴族女性に求められている一番の仕事である。

しかし、私はこの通りの身体だ。

最近体力が付いてきたが、健康体とは言い難い。そうなると子供を産み育てられるかわからない。

私はルイスの反応が怖くて俯いた。自分から言い出したことなのに、同意されたら傷ついてしまいそうだ。

「そんなことは気にしなくていい」

ルイスは柔らかな声音で言った。私は俯いていた顔を上げた。

「出来なかったら分家筋から養子をもらえばいい。実際そうした実例もある。出来なかったら出来なかったでそのとき考えればいいんだ」

「ルイス……」

まさか彼がそんなことを言ってくれるとは思わなかった。

胸のつかえが一つ取れた気がする。

自分で思っていたより、私の中でこの問題は大きな淀みとなっていたみたいだ。

「フィオナは……初めて会った時のことを覚えているか？」

「え？」

初めてって、ルイスの婚約者を決めるパーティーの時のこと？

「えっと……」

懸命に記憶を探るが、残念ながら薄ぼんやりとしたものしか出てこなかった。

「覚えてないんだな」

覚えてなくて申し訳なく思っていたが、ルイスから咎めるような声音は感じなかった。

「お互い七歳だった」

そう、あのパーティーは七歳の時。

私は両親と祖父から、気楽にお菓子でも食べておいで、と連れていかれたんだ。

我が家はそれなりに地位も財もあったから、他の家と同じように無理にハントン家と繋がる必要がなかったために、両親と祖父もそう言ったのだろう。

私も親の言ったことをそのまま受け取って、お菓子を堪能しようとしていた。この時から身体が弱かったからいっぱいは食べられなかったけど、子供らしく甘いものは好きだったから。

「フィオナは他の子と違った。ケーキを真剣な顔で選別していた」

少しだけ思い出してきた。ハントン家にあるケーキはどれもおいしそうで、全部食べたいぐらいだったのだ。しかし、私は身体が弱い。食べすぎたら気持ち悪くなってしまう。

食べられる量が少ないからどれが一番おいしいかと選んでいたのだ。

「俺が『これがおすすめだよ』と言ってもじっとお菓子を見て『本当に？』と疑ってたな」

だ、だって食べられる量が限られていたから！

「でも疑いながらもそのケーキを食べた時、すごく瞳を輝かせて『おいしい！』って口いっぱいに頬張ってるのが可愛かった」

「そんなことあった……？」

パーティーに行ったことあるし、ケーキを選んでいた記憶はあるけど、正直細かく覚えてない。ルイスを紹介されて、綺麗な子だなと感動したことは覚えている。

その後ルイスと婚約することになって、あの綺麗な子が私の婚約者だなんて！　って喜んだ。

そういえば、その頃はまだルイスとの仲は悪くなかった。むしろ、ルイスが歩み寄ってくれていたような……。

「俺がおばあ様にあの子がいいって言ったんだ」

「え？」

聞き間違えか。風がサワッと草花を揺らした。

「俺がフィオナを選んだんだ」

聞き間違えじゃなかった。

ルイスが一歩ずつ近付いてくる。私は思わず後ろに下がるが、すぐに木の幹が背中に触れ、逃げ場をなくしてしまった。

「今まで勘違いして悪かった」

「勘違いって……」

「フィオナの体調不良に気付かず、わざと俺の気を引くために行動をしていると思っていたんだ」

「それは……私も原因ではあるから……」

変なプライドを持っていた私も悪い。私が言わずに隠していたのだから、ルイスだけが悪いのではない。

だから気にする必要はないと伝えたかったが、伝えられなかった。

彼がまっすぐにこちらを見つめていたから。

ルイスがさらに距離を縮める。後ろは木で逃げ道はない。

「フィオナ」

ルイスの端整な顔が目の前にある。

「これからはなんでも言っていいよ。なんでも叶えてあげる」

ルイスの瞳に私が映る。

「これからは君を支えると誓うよ」

綺麗な青い瞳から目が逸らせない。

だから、とルイスは続けた。

「逃げようと思わないで」

触れそうなほど顔が近付いてきて思わず目をつぶると、頬に熱いものを感じた。

ルイスの唇だと気付いた瞬間、私はそのまま意識を失った。

「ルイスが悪い」

私は一週間ほど寝込んだ。

心臓に悪いことをされると寝込む。学んだ。

ベッドに横になる私のそばで椅子に座りながら、ルイスが悪びれずに訊いてくる。

「何が悪いんだ？」

「何がって……」

何がって……なんて言えばいいんだろう。

ルイスに綺麗な顔を寄せられたこと？　婚約継続を告げられたこと？　幼い私を婚約者に選んだのがルイスだったこと？　頬にキスされたこと？

「……」

全部そうだけど、口に出すのはなんだか憚られる。

私は無言でルイスから顔を背けることにした。

「毎日見舞いに来て面倒じゃないの？」

「まさか。婚約者の見舞いだ。面倒なことなどない」

今までは見舞いどころか面会もなかなか来なかったのに！

やはり、あれからだ。ルイスの祖母を助けたときから、ルイスの態度が急変した。

いつも私の前ではツンツンしていたのに、今は穏やかにこうして隣で笑っている。

優しく微笑まれることに慣れていないから、どういう反応をしたらいいのかわからない。

「見舞いにまで来なくていいのに」

「なんで？」

「なんでって……」

私は体を起こして叫んだ。

「この部屋中に溢れるプレゼントでもう充分だからよ！」

部屋の至る所に箱、箱、箱！　花！　花！　花！

もはや片付けが間に合わないレベルで毎日届くプレゼントにちょっとトキメキを通り越して恐怖すら抱く。

「全部フィオナにあげたくて一から選んだんだ」

「ちゃんと選別していてこの量なの⁉」

元々はどれぐらいプレゼントする予定だったのか。

「本当ならもっとあげたいんだけど」

「もう結構です！」

もう入るスペースはない。私が本気で断るとルイスは「じゃあ他は公爵家の女主人の部屋に置いておこうか」と恐ろしいことを言っている。

それ、まさか私が将来住む部屋じゃないでしょうね……？

私、一応婚約破棄をお願いした身なんだけど……。

しかしルイスが有無を言わさぬ笑みを浮かべているから指摘できなかった。

まあ私が結婚しなかったら、きっとヒロインが使ってくれるだろう。たぶん。

「フィオナ」

ルイスが私の手を握った。

「今まで本当に悪かった。フィオナに振り向いてもらえるように頑張るよ」

「ふ、振り向いてって……」

ルイスが私の手を口元に持っていく。

「覚悟して」

そしてそのまま口付けた。

「わあ――――!?」

私は慌てて手を取り戻す。

「そそそそそういうの禁止！」

「なんで？」

「心臓に悪いからよ！」

他の女性なら「ドキドキする……」で済むかもしれないけれど、私だと本当に心臓が止まりかねないわよ!?

「それは困るな」

「でしょ!?」

ルイスだって若くして婚約者を亡くす可哀想な男になりたくないはずだ。

「だから長生きしてもらえるようにもう一つプレゼント持ってきたんだ」

「え、もう本当に充分なんだけど」

「まあそう言わず見てみてほしい」

ルイスが椅子から立ち上がり、扉の前に立った。そして取っ手に手をかける。

キィッと扉が開く。

その先には——男の子がいた。

「フィオナのために、用意したんだ」

男の子が一歩ずつこちらに近づいてくる。

「彼の名はエリック・ボーン」

ついに私のベッドの側で立ち止まった。

「医者だ」

ルイスの言葉に私は目を瞬(またた)いた。

「医者!?」

どこからどう見ても子供である。

「あ、あの……失礼だけどお年は……?」

「十二歳だよ」

「十二⁉」

男の子が自ら答えてくれたが、やはり来た答えは予想したものだった。

十二歳。前世でも子供だったが、この世界でも子供と言える年齢である。

「子供だからと何か問題でも？」

男の子――エリックがこちらを睨みつけてくる。

「え？　いや、そういうわけじゃ……」

「飛び級して最高峰の医学学校を卒業している、れっきとした医者だよ」

エリックがこちらを見たまま続ける。

「実績も充分。世界中飛び回って腕を磨いてきた。年齢は若いけど、そこらの医者よりよっぽど優秀だと自負してるけど」

「い、いえ！　疑ってるわけじゃないの！」

年齢の話はタブーだったようだ。

慌てて取り繕うと、エリックは不満そうにしていたが、口を一度閉じてくれた。

私はほっとしてエリックを見た。

あまり見たことのない綺麗な紫の髪に、コバルトブルーの瞳。とても整った顔立ちをしているが、少し丸い頬のフォルムが年相応でとてもかわいらしい。

飛び級してこの年で世界中飛び回っているのなら、相当優秀なのだろう。

「えっと、どうしてこの子を……？」

「フィオナの主治医にしたいと思って」

ルイスが答える。

「おばあ様のために呼び寄せたんだが、彼がこの国に到着する前におばあ様はフィオナのおかげで元気になったからな」

「でも、おばあ様のために呼んだのなら、そのままおばあ様の主治医にしたら？　病気が治ったとは言っても、ご高齢だからいろいろ不調はあるでしょうし……」

「おばあ様が『こんな年寄りより未来ある病弱な婚約者を診てもらいな！』って言ってくれたんだよ」

あのおばあ様なら言いそう……。

「俺としてもフィオナに優秀な主治医が必要だと思っていたんだ」

「でも……それだけ優秀な医者ならその……」

私はエリックに聞こえないようにルイスの耳元に口を寄せた。

「お高いんでしょう……？」

知識が広く、技術力がある医者ほど依頼料は高い。一回の診察ではなく、主治医とするなら相当な額を支払わなければならないはずだ。

ルイスが私の心配を「あははは！」と笑い飛ばした。

「心配しなくていい。ハントン家の財力なら大したことないから」

圧倒的余裕……！

ルイスのバックにお金が見えるわ……！

眩しく感じて思わず目を細めてしまった。か、金持ちすごい……！

いや、私も金持ちだけど！

「えっと……」

いいのだろうか。健康のために優秀な医者は必要だと思っていたけれど、ここは甘えても大丈夫だろうか？

ちょっと躊躇うけど、でもルイスはいいと言っているし、ここで遠慮する必要はないのかもしれない。

「じゃあ……お願いします」

私は素直に受け入れることにした。きっと婚約破棄になってもお金持ちのルイスならわざわざ医者代を請求してくることもないだろう。

私が受け入れると、エリックが頷いた。

「じゃあさっそく診察しようか」

「え？　今？」

「そうだよ。初めに診ておかないといろいろわからないでしょ？」

確かにその通りだ。私はエリックに従うことにした。

「……」

しかし、エリックは動かない。

原因はルイスだ。

「……あんた、なんでそこにいるの？」

ルイスが笑顔のまま首を傾げた。

「え？」

「え？　じゃないよ。診察するってことは、服をはだけさせたりするんだよ？　あんた男だよね？」

私はハッとしてルイスを見た。ルイスは変わらず笑みを浮かべている。

「婚約者なんだから問題ないだろう？」

「あるに決まってるよ。どうして問題ないと思ったわけ？」

「男と二人きりにするなんて嫌だ」

「本音言ってもダメ。それが嫌で子供である僕を選んだのもあるんだろう？　なら納得してよね」

ルイスが舌打ちした。

「肌を見たら『もうお嫁にいけない！』となって婚約破棄を言い出さない可能性もあるのに」

ボソッとルイスが呟いた言葉は辛うじて私の耳にも届いていた。

怖っ！　そんな理由で確信犯的に居座ろうと思ったの⁉

「そんなこと言いません！　さっさと出ていって！」

私はルイスの背中を押して部屋から出て行かせようとするが、ルイスは往生際が悪く、抵抗してくる。

「十二歳でも男だ。やはり心配だし……」

「あなたに見られる方が大問題よ⁉」

一般的に貴族女性は無闇に肌を晒さない。晒すとしたら伴侶のみ。

それでルイスが私の肌を見たら、既成事実のように、ルイスと婚約破棄はできなくなってしまう。

私の破滅フラグ回避の策が一つなくなってしまう。それは困る。

というか、普通に恥ずかしい！

「いいから出ていって！」

「でも……」

「出ていかないと……」

「出ていかないと？」

私は大きく空気を吸った。

「一週間口利(き)かない！」

大きな声を出すと、ルイスが狼狽(うろた)えたように後ろによろけた。

「い、一週間も……⁉」

自分で言っておいてなんだが、そこまで衝撃を受けることだろうか。

「わかった……」

ルイスはショックを受けたまま、扉に向かった。そして取っ手に手をかけながらこちらを振り返った。

「何かあったら叫ぶんだ。いいな」

「余計なこと言わなくていいから！」

ルイスは何度も振り返りながらようやく出ていった。

私はルイスがいなくなったので安心して診察してもらうことにした。

「よろしくお願いします」

「ああ、よろしくね」

エリックはササッと私の脈や胸の音などを確認し、触診を進めていく。

手際の良さから本当に場数をこなしている医者なのだとわかった。この年齢でどれほどの患者を診てきたのだろう。

「手術ももちろんできるから心配しなくていいよ」

心の中で考えていたことが顔に出ていたのか、エリックはこちらの疑問に答えてくれた。内心を見抜かれてドキッとする。

「そうなの。すごいわね」

「ああ。だから安心して心不全になってくれていいよ」

「待って私心不全になりそうなの⁉」

身体が弱いとは思っていたが今にも死にそうな感じ⁉

「冗談だよ」

「笑えないんですけど！」

そういう冗談は健康な人にしてほしい。

私だと本当にありえそうだから。絶対私の家族にその冗談を言わないでよ！

「まあ、触診した様子と話を聞いている限りでは、今大きな病気はなさそうだから、手術とかは必要ないとは思うけど」

大きな病気はなさそうと言われてほっとする。

「でも病弱なのは確かだね。もっと体力を付けなよ」

「うっ、ごもっともです……」

身体が弱いなら体力を付けなければいけない。この身体、筋肉が付きにくいのよね……だから病弱なのかしら……。

「どうせ病弱だからって対処せずに今まで生きてきたんでしょ？　子供の頃から取り組んでたらマシだっただろうに」

反論のしようもない……。

私もずっと思っていた。子供の頃にこの虚弱体質を直そうと努力していたら今よりもっとマシだったのだろうと。

ああ！　なぜ私は今になって記憶を取り戻してしまったのか！　こういうのって子供の頃に

記憶取り戻してやり直すのがセオリーじゃないの⁉

でもギリギリゲーム開始前には間に合ったからセーフと思うべき……？

「それともこの国の医療が発達していないのが原因なのかな……？」

私が過去の後悔でうんうん唸（うな）っている間に、エリックは何か別のことを考えていたようだ。

「え？」

「この国は医療技術や、国民の健康意識が薄いよね」

それは私も思っていた。

現代の先進国である日本ほどは無理だとしても、あまりにも病気や健康に対する意識が低いなと。

「他の国は違うの？」

「似たような国もある。国それぞれだよ」

ということは、ここより発達している国もあるのだ。

「貴族社会が強く根付いている国ほど健康に対する意識は低い。貴族はプライドから優雅な暮らしを演出するために健康など考えない食生活をしているし、平民はその日食べられるものを中心に食べてるから、栄養が不足しがちになるんだ」

すごい。よく分析している。

確かに貴族は自分たちがどれだけいい暮らしをしているか見せびらかすような暮らしをしている。そして平民はお金がない人も多いため、安いパンなどに食が頼りがちになる。

「あとはやはり知識の差かしら。偏った食事でどういった身体になってしまうかを、みんな知らないのよね」

ルイスやルイスの祖母が知らなかったように。

「なんだ、フィオナ嬢は話がわかる人なんだね」

「え？　そ、そうかな……？」

褒められたような気がして私はへへへ、と少し照れた。

「僕のようにあちこち歩き回っていると、その国の問題点も見えてくるけれど、その国にずっと住んでいる人間は案外気付かないものなんだよ。だからずっと変わらずそのままでやってきたんだろうね」

「あ。確かに」

私も記憶を取り戻すまでこの食生活に疑問を抱いたこともなかった。

あのままいってたらもし仮に断罪を逃れても、病弱さと食生活のダブルパンチで私結局死んでたかもな……。

「エリックの国は？」

「僕の故郷はなかなか進んだところだったよ」

エリックが懐かしむでもなく淡々と答える。

「じゃあその国で医者やってたほうがよかったんじゃないの？」

「いや……」

エリックが一瞬言い淀んだ。

「まあ、それはさておき」

さておかれた。

どうも言いたくないみたいだ。私もあまり突っ込まないことにした。初対面でズカズカ聞くものではないし、そういうデリケートなことはもっと仲良くなったら教えてくれるかもしれない。

「胃薬と整腸剤を処方しよう。根本的な解決にはならないけど腹痛はマシになるでしょ」

「やった！」

胃にいいというハーブなどで対処していたが、それも限度がある。

胃薬があれば胃もたれもしにくくなり、弱弱お腹ともおさらばできるかもしれない。

「マシになるだけだから慢心しないでね。体質改善していくのが大切だから」

「あ、はい」

浮かれた気分を見透かされてしまった。危ない。領地特産ステーキとかいけるのでは？　と少し夢を見てしまった。やめよう。そんなものをいきなりいったら胃薬があっても胃が死ぬ。

「というわけで改善策。侍女さん」

「はい」

部屋にいなかったアンネがさっと現れた。どこにいたの？　そしていつの間に現れたの？

「何してるのアンネ」

「お嬢様の専属医者――つまりお嬢様の命を掴んでいる相手に媚びを売ってます」

「命掴まれてはないわよ⁉　たぶんだけど！」

掴んでないわよね？　ね？

私がエリックを見ると、エリックはそれを無視してアンネが手にしている紙をバッとこちらに開いた。

巻物かと思うほど長い紙だった。

「何これ何が書かれてるの⁉」

「改善策だよ」

エリックは無情に告げる。

「こ、これ全部が？」

「そう」

エリックは頷いた。

「まず早寝早起きを心がけて。朝はまずきちんと日光を浴びること。できれば十五分。体内時計をリセットするし、日光は骨を丈夫にする。骨密度は閉経してしまうと増やすのが難しい。女性ホルモンがしっかり出ている若いうちにきちんと紫外線を浴びなければ年を取った時に骨粗鬆症になって骨折しまくって苦労するよ。朝食は無理せずお腹が驚かないものを中心に、栄養バランスを考えて摂るように。午前中の日差しが強くない時間に散歩の――」

「ひいいいいい‼」

紙に書いてあることを読み上げるエリックに、私は悲鳴をあげた。

そんな細かくやること指定されるの嫌ー！

「エ、エリックさん！」

「なんで急に『さん』を付けたの？　それよりドクターと呼んでくれるほうがいいんだけど」

どうでもいいことに突っ込んでくる！　大事なのはそこではない！

けど一応相手の希望を聞いておこう。

「ドクターエリック」

「なんだ？」

あ！　ちょっと喜んでる感じ！

「人間、ストレス溜めすぎたらいけないと思うんです」

「ストレス」

エリックがじっと紙を見た。

「この内容をするのにそんなにストレスが溜まる……？」

「それはもう！」

朝の時点であれだけ注意事項がきっちりなのだ。私は軍隊のような暮らしはしたくない。自由が欲しい。

健康になりたいとは思っているけれど、そのためにすべてを犠牲にしたいわけではないのである。

「ストレスが溜まると何をするかわかりませんよ！」

「何をするの？」

え！　何……何をするんだろう……。

「婚約破棄とか……？」

「よしストレスはよくない取りやめよう」

やっぱり聞き耳立ててた。

出ていった扉をバンッと開けて現れたルイスが私とエリックの間に立った。

そしてエリックから紙を奪い取って内容を確認すると、首を静かに横に振った。

「フィオナは辛抱強くない。これは無理だ」

「ちょっと！」

一言多い。

「なるほど。ならまたそれを考慮して検討しないとね」

エリックもあっさり納得しないでほしい。その書かれた内容を実行するのも嫌だけど！

次はちゃんともっと簡単なものにしてね！

「そうそう。僕は主治医として、この屋敷に住まわせてもらうことになったから」

エリックが診療道具を片付けながら言った。

「フィオナ嬢が健康になれるようサポートするよ」

私は頬を引きつらせながら「程々にお願いします」と言った。

本当に程々にしてほしい。ストレスは万病の元なんだから。

「フィオナ」

そんな私にルイスが心配そうに声をかけた。

「俺も住もうか？」

「絶対やめて」

ルイスとの仲も改善され、優秀な主治医もゲットして、わりとうまくいってるんじゃないか？と油断した時にそれは訪れた。

「たのもう！」

道場破りか！

内心そう突っ込んでしまうほど大きな声が屋敷内に響き渡った。

「なんだなんだなんだ⁉　討ち入り⁉」

わりと平和なこの国で討ち入りなどあるのだろうか。

大声に一番初めに反応した兄が「討ち入りだ！　いや決闘か⁉」と騒ぎながらオロオロしている。両親も何ごとかと戸惑っている。

「落ち着いてお兄様。少なくともいきなり暴れ出すタイプの人が来たわけじゃなさそうだわ」

私は兄を安心させるように言った。

「なんでそう思うんだ？」

「だってきっちり『たのもう！』って叫んでそれから静かだし、本当に討ち入りに来たならそのまま大暴れしているでしょ？」

「た、確かに……！」

私の言葉に兄も両親も少し落ち着いたようだ。

「それじゃ……どうする？」

「どうするって……」

兄が真剣な表情をして言った。

「俺は様子を見に行きたくない」

父が真剣な表情をして言った。

「私も行きたくない」

母が真剣な表情をして言った。

「私も行きたくないわね」

私も真剣な表情をして言った。

「私も行きたくないです」

みんなが顔を見合わせて固まってしまった。

いや、どう考えても堂々と「たのもう！」と乗り込んでくる相手と対峙したくはない。

「た、大変です！」

そこに使用人の一人が慌てた様子で駆け込んできた。

「どうしたの？」

「そ、それが……」

母の問いかけに、使用人はちらりと後ろを振り返った。

そして後ろから人が一人現れた。

真っ直ぐこちらを見ながら歩いてくる姿は、自信に満ち溢れていた。

緑色の髪に、キラキラと輝く金色の瞳。カッチリした体格で、兄やルイスが細身の美青年なら、こちらはマッチョ美青年だ。少し筋肉質で暑苦しさはあるが、その爽やかな笑顔で緩和されている。

「初めまして！」

元気な声で彼が言った。

「俺はニック・オリヴィール」

意気揚々と彼はこちらを見る。

「フィオナ嬢と話がしたい！」

なぜこんなことに……。

親は押しかけてきた相手がニックだとわかると安心して私と彼が話す場を設けた。

ニック・オリヴィール。

彼はこの国で誰もが信頼できると述べるだろう人間だ。

明朗闊達（めいろうかったつ）で、明るい彼は人に好かれる。父親は騎士団長で、彼自身剣の腕が立ち、次期騎士団長候補として日々鍛錬に明け暮れる努力家の彼は、王太子殿下と仲が良く、いずれ王太子殿下の片腕となるべき人物である。

え？　なんでそんなに詳しいのかって？

ニック・オリヴィールもゲームの攻略対象だからだ。

そもそも王太子殿下の片腕。そんな人物がモブなはずがない。

それより問題はなぜニックが我が家を尋ねてきたかということだ。

ニックと我が家は何の関わりもないし、当然私自身も彼と関わったことはない。そもそも私はルイスルートの悪役令嬢で、彼のルートでは登場しないのだ。

なのになぜ……？

私は不安で胸をドキドキさせながらニックが切り出すのを待っていた。

「いやー、いきなり悪いな！」

本当だよ！

と思ったが「はあ」と言うに留めておいた私を誰か褒めてほしい。

念の為、扉の向こうでアンネを待機させているけど「任せてください。いざとなったら刺し違えてでも」とか言ってたから別の意味で不安……刃物持ってないでしょうね……？

「あの、どういったご用件で？」

「ああ。そうだよな。用件を言わないとわからないよな」

ニックがハハッと笑った。爽やか。さすが攻略対象。

「ここ最近の噂を聞いたんだ」

「噂……？」

とはなんだろうか。

「ふふふ……これだ！」

ニックが笑いながら何かを取り出した。

そこには――新聞があった。

「『エリオール侯爵の愛娘、隠していた才能！　先日から話題のハーブであるが、なんと発案者はエリオール侯爵の娘、フィオナ令嬢であることが発覚した。彼女は誰も知らないハーブの効果についての知識を持っており、それが今回の流行の火付け役となった。フィオナ令嬢の兄、バート・エリオール侯爵令息は「あの子は昔からできる子でしたがそれを鼻にかけない子でした」と語って』」

「いや――――!!　読まないで!!」

先日知らぬ間に載ってしまった兄の兄バカ満載の新聞記事だった。

まさか一度ならず二度までもその記事を見る日が来ようとは。

恥ずかしいやめてほしい。燃やさせて。

「今や君は有名人だぞ！　先日ルイスの祖母も治したそうじゃないか！」

「それも噂になってるの⁉」

誰にも言ってないし、目撃者はその場にいた人間しかいないはずなのに！

「人の口に戸は立てられないのさ」

それはそうだろうけど！

「身体のことに悩んだらフィオナ嬢に相談したらいいとまことしやかに囁かれている」

「いや、私健康オタクなだけだから普通にお医者さんに行って……」

病気のこととか相談されても困る……。

エリックはこの国の医療は遅れていると言っていたけど、それでも医療知識があまりない私よりこの国の医者に見てもらったほうがいいはずである。

「ずばり！　そんなフィオナ嬢に相談があるのだが！」

この人全然話を聞いてくれない。そういえばゲームでもこういうところあったかも……。

「俺の！」

ガシッとニックが私の手をつかんだ。

「きんに――」

「フィオナ！」

ニックが私に何か伝えようとしたところで扉がバンッ！　と大きな音とともに開いたと思ったら、そこにはなぜかルイスが立っていた。

「ルイス⁉　なんで⁉」

今日は来る予定などなかったはずだ。

「たまたまフィオナに会いに来たんだ。そしたら筋肉ダルマが来たと言うから」

「筋肉ダルマ⁉　そこまでの筋肉ではないと思う！　どちらかと言うと美筋肉！」

「フィオナ嬢！　褒めてくれるのは嬉しいがおそらくそのツッコミは間違っている！」

え⁉　そう⁉　でもダルマな筋肉じゃないいい筋肉だと思うんだけど！

ルイスが怒りの表情を浮かべてニックと繋がれた私の手を引き剥がした。

「人の婚約者の手を握るなどどういう了見だ？」

「悪い悪い！　つい！　感情が昂(たかぶ)っちゃって！」

「感情が昂る……？」

ルイスがサッと私をニックから見えないようにした。

「フィオナが可愛いからか？　確かにその辺で見ることがないぐらい美少女だけどダメだ。俺の婚約者だ」

「ルイス！　何言ってるの⁉」

そういえば前に初めて会った時可愛いと思ったと言っていたけど、もしかして今もそう思ってくれてる？　喜んでいいところなのかなここ？

いや、今目の前にニックがいるから素直に喜んでいる場合ではない。ルイスの暴走を止めないと。

そう思ってルイスを止めるために行動しようとする前に、慌てたようにニックが手をパタパタと振った。

「いやいやいや、ごめんごめん！　そういうことじゃなくて、俺の悩みが消えるのかもしれないと思ってさ！」

「悩み？」

ニックが勢いよく頭を下げた。

「筋肉を付けてくれ！」

……はい？

✦✧✦　✦✧✦

「俺は騎士をしているんだが」

ニックが話し始めた。

「騎士と言うとやはり身体が資本だろう？　だから俺なりに頑張って鍛えているんだけど、ちょっと停滞期というか、あんまり身になってない気がするんだよ。俺は」

そう言うと、ニックはいきなり上半身裸になった。

「もっと！　もっとムッキムキになりたいんだよッ!!」

「もうムキムキだよ!?」

私はニックの裸を見ないように手で目を隠しながら言った。

というかうら若い乙女になんてもの見せてるのよ！　いきなりすぎて「きゃー！」と叫ぶこともできなかったじゃない！

おそらく説明するために脱いだのだろうが、せめて一言説明と、こちらからの同意を得てから脱いでほしい。

ニックはもっとと言うが、私から見たらすでに充分なぐらいムキムキだ。

しかし本人は納得していないようだった。

「いいや！　もっといけるはずだ！　この腕を丸太のようにするんだ!!　ムッキムキに!!」

熱くなるニックに対して、私の心は冷めていく。

ムッキムキってなんだ。もう十分ムキムキだよ。

ゲームでもこんなに暑苦しかったかな？

確かニックルートのストーリーって……と私は前世の記憶を振り返る。

元々平民だったヒロインは貴族生活に嫌気が差していた。そんな時、騎士であるニックと出会い、ニックに女騎士という道があると教えられ、その道を目指すため、一緒に努力していくのだ。

ある日、たまたま助けた女性がお忍びで街に来ていた王女様で、それがきっかけで王女様の騎士になる試験を受けられることになったけど、試験前日に怪我をしてしまう。

これでは試験に落ちてしまうと落ち込むヒロインをニックは励まし、ヒロインは無事試験合格。その後、ヒロインから逆プロポーズされる。

……そういえば、プロポーズの返事が「これからも共に切磋琢磨（せっさたくま）していこう！」だったな。

プロポーズの返事がそれ⁉　と思ったけど、変わり種としてなぜかメインルートの王太子ルートと同じぐらい人気があったのよね。

でもこうして改めて考えるとルートそのものが結構脳筋だった……。

じゃあ攻略対象のニックが脳筋なのも仕方ないか……。

「頼むフィオナ嬢！」

ニックが再び私の手を握ろうとして、ルイスにその手を叩き落とされていた。

「フィオナに近づくな露出魔」

「露出魔⁉　訓練ではみんな脱いでるぞ⁉」

「ここは訓練場じゃないだろ」

「脱がないでどう筋肉の説明をするんだ！」

「知るか！」

いやここまで筋肉バカだった？

私の記憶ではもっと爽やか騎士様だったはずなんだけど……私がヒロインじゃないから？

ヒロインの前ではもっとヒーローらしくなってくれるの？

とりあえず服を着てほしい。

そう願っていたらニックはルイスに促されて渋々脱いだ服を着てくれた。よかった……。

「アンネ、追い出せ」

「おまかせください」

アンネがサッと現れ、ニックの首根っこを掴み、追い出そうとする。

「待った待った待った！　アンネもどうしてルイスの言うこと聞いてるの⁉」

慌てて追い出そうとしているのを阻止する。おかしい、アンネは今までルイスを嫌っていて、ルイスの言うことなど聞いたことなかったはずだ。

そのアンネがルイスを主だと思っているかのような様子で彼の言うことを聞いている。

「今までの誤解が解けたとお聞きしましたし、それなら未来の雇用主に媚びを売っておいてもいいかと思いまして」

「未来の雇用主……？」

どういうことだろう。今のアンネの主は私なのに。

よく理解できていない私に、アンネが説明する。

「だって、お嬢様が結婚したら、雇用主はこの家の旦那様から、ルイス様になるでしょう？」

……………。

「は、はあ⁉」

思わず一瞬フリーズしてしまった。アンネはそんな私にハッとした表情を向けた。

「ま、まさかお嬢様……」

アンネが瞳を潤ませた。

「私を婚家に連れていかないおつもりで⁉」

「いや連れていくけど！」

間髪を容れずに答えると、アンネの表情が少し明るくなった。無表情だから他の人にはあまりわからないだろうけど。

「アンネ……」

「ルイス！」

「よくわかってるじゃないか。俺たちが結婚したら給金には色をつけてやろう」

ルイスがアンネの肩を叩いた。

こっちはこっちで何を言ってるんだ！

「けけけけけけ結婚って」

「するだろう？」

するともなんとも返事してないんだけど！　そもそも、婚約破棄の話したはずだけど⁉

「おーい、俺の存在忘れないでくれる？　また脱ごうか？」

「脱がんでいい」

寂しそうな声にすっかりニックを無視してしまっていたことに気付いた。

再び脱ごうとしたニックをルイスが止める。

いけない。そもそもニックと会話をしていたのよ、私は。

「無視する形になってごめんなさい。えっと、筋肉付けたいんだっけ？」

「そう！　その通り！」

ニックが大きな声を出す。というか、会話している間、ずっと声が大きいからこれが彼の通常の声量なのかもしれない。

「今は筋肉が付かない停滞期みたいなんだ……でも俺はもっと付けておきたい。もっともっと強くならないといけないんだ！」

ニックは自分に親指を向けて指さした。

「俺は騎士団長を目指しているからな！」

騎士団長ってムキムキになるのが条件だっけ……？

私の少し引いた表情から何を思ったのか、ニックが「あ！」と声を出した。

そしてとても言いにくそうにおずおずと口を開く。

「もしかして、フィオナ嬢でも難しいのだろうか……？　ダメそうなら無理しなくても」

「……なんですって？」

ニックの言葉はとても聞き入れられないものだった。

「この健康オタクな私に対して、難しいですって？」

私にもプライドはある。そう、健康に対して人より多くの知識を持っているという自負が！

「わかった。そこまで言うならやってみましょう！」

私はニックをビシッと指さした。

「私が筋肉ムキムキにさせてあげるわ！」

私はドサドサドサと紙の束をニックの目の前に積み上げる。

「これは？」

ニックの頬が少し引きつった。

しかし私は構わず言った。

「筋肉を付ける方法」

笑顔付きだ。

「え、えっと、こういうのじゃなくて、もっと簡単な……」

ニックは筋肉について拘るだけあって、勉強より身体を動かす派なのだろう。紙の束に引いている。しかし、逃がさない。

「筋肉を付けることは一朝一夕ではできないのよ」

残念ながら人の肉体はそんな単純な作りをしていない。

筋肉を付けたいと取り組んでも、取り組んで一日で筋肉をガッツリ付けることなど不可能。

筋肉に関しては継続することでついていくのだ。

この短期間でこれだけの情報を書き連ねるのは大変だったが妙な達成感はあった。

「まず大事なことは……栄養！」

私は一番上の紙を持って言った。

「えいよう」

「栄養についてはまあこの紙に色々書いてるからそれを読んでもらって……大事なことはバランスよく摂ること！」

筋肉を付ける時よくみんな間違うのが、極端に「筋肉にいいと言われてる食材」ばかり食べてしまうことだ。

確かにタンパク質の多い食材やサプリメントを摂っていれば、より筋肉は付きやすくなると言われている。

だが、それだけを摂るのでは逆に筋肉は付かなくなるし、そもそも今度は健康問題が出てきて、筋肉どころではなくなってしまうはずだ。

栄養が偏れば、ルイスの祖母のように脚気になったり、野菜や果物が不足したら壊血病（かいけつびょう）になったりする。他にも骨の形成に問題が出てきたり、『強くなりたい』ニックにとっては悪いことばかりになってしまう。

「偏った食事をしない。と言ってもどうしたらいいか難しいだろうから、簡単にメニューも書いてあるわ」

「好きな物だけ食べたい……」

「偏食しない！」

ピシャリと言い放つとニックはしょんぼりした。

「より筋肉を付けやすくするには栄養を考えた食事の中に、毎食タンパク質が豊富な食材も使うこと。特にトレーニング後に早めにタンパク質を摂ることができればより強く太い筋肉が付くと言われてるわ」

「なんだと⁉」

ニックがより強く太い筋肉という部分に食いついた。

「トレーニング後にそのたんぱくしつ？　とやらを摂ればいいんだな？」

「話聞いてた？　タンパク質が豊富な食材を使った三食栄養ばっちりな食事にプラスしてトレーニング後にもタンパク質を摂りなさいと言ってるのよ！」

トレーニング後だけタンパク質のみ摂るのではダメだ。栄養を不足させない。これが大事である。

「タンパク質が多い食材は鶏ササミや牛ももなどの肉類。イワシなどの魚介類、大豆製品や乳製品も結構豊富に含まれているわ。詳しくはこれを見てね」

「う、うむ……」

ニックが難しい顔でタンパク質について書いてある紙を見る。

「筋肉についてとっっってもも大事だから頑張って読んでね！　面倒臭がらず！」

「う、うむ……」

どう見ても面倒だと思ってる。このままだと実行しないで終わるかもしれない。

「ライバルに勝てなくていいの？」

「う……」

「親の七光りって言われてもいいの？」

「うぅ……」

「騎士団長になるんでしょう⁉」

「うむ！」

騎士団長と聞いて、ニックの瞳に力が宿った。

「そうだな！　努力は一日にしてならず！　ありがとうフィオナ嬢！　俺は頑張る！」

「頑張ってねー！」

大きく手を振って去っていくニックに、私も手を振り返す。

元気だなぁ。きちんと読んでやってくれれば効率よく筋肉も付くと思う。まあ筋トレに関しては専門外だから、そこは自分で頑張ってもらおう。

「で、いつまでいるの、ルイス」

「よかった。存在を忘れられたかと思ったぞ」

私の隣で黙って成り行きを見ていたルイスがようやく声を出した。

「我が家にわざわざ来たんだから、何か用事があったんじゃないの？」

「もちろんある」

ルイスが指を鳴らすと、サッと人が数名入ってきた。見覚えのない人たちだからうちの使用人ではない。ルイスが自分の家から連れてきたんだろう。

彼らは一様に大きな箱を持っていた。

「ルイスまさか……」

私は予想が外れてくれと祈りながらルイスを見た。

しかし、ルイスはそんな私の期待を裏切ってくれる。

「プレゼントだ」

ですよね！

「プレゼントはもう山のようにあるわよ⁉」

私は自室にある大量のルイスからのプレゼントを思い出しながら言った。もはや仕舞う場所に困っている。

「あれでは満足してもらえなかったようだからな」

「満足以前に量が多すぎただけよ！　プレゼント自体は嬉しいから！」

私の言葉にルイスが動きを止めた。

「嬉しかったのか？」

ルイスが綺麗な目で私を見てくる。私が喜んだことが、まるで嬉しいと言うかのように。

「そういうことはわざわざ聞かなくていい！」

私は気恥ずかしくなってルイスから顔を背けた。

ルイスのプレゼントのセンスがよかったとか思ってないからね！

「でも俺はもっと喜んでほしいんだ」

ルイスの声を皮切りに、使用人たちが持っていた箱を開けた。

「お……」

私は思わず口を大きく開けた。

「お米――――!?」

箱からは大量の米が出てきた。

「フィオナ、おばあ様の米を羨ましそうに見てただろ？　だから、たぶんこの異国の食材が欲しいんだなと思って」

ルイスがスッと手で指示を出すと、今度は別の箱から見覚えのある物が出てきた。

「味噌――――!!!!」

私は思わず飛びついた。

味噌。会いたかった味噌。日本食と言ったら味噌。欠かせない味噌。朝に必ず飲みたい味噌汁。ああ、あなたはどうして味噌なの。

思考がおかしくなるぐらいに恋焦がれていた物がそこにはあった。

「驚くのはまだ早いぞ」

味噌に頬ずりしながら、え、と思うと、一斉に使用人たちが箱を開けた。

そこには――。

「昆布、鰹節、醤油、酢、……え!? こんなに!?」

大量の日本食材があった。

「調味料以外にも、豆腐や海苔まで……! ど、どうしたの!? こんなに!」

滅多に手に入るものではない……いや、手に入れるのがほぼほぼ不可能だと料理長から聞いていた。なのにそれが今目の前にある。

「前に米は独自ルートで仕入れたと言っただろ? あの時はおばあ様のためだったし、他の物はどう使うかもわからないから、手に入れても仕方ないと思って買わなかったんだが」

ルイスが昆布を手に取る。

「俺にはさっぱりだが、フィオナはこうした食材の活用法がわかるんだろ? よくおばあ様の食事指導中も『にほん食材があればなぁ』と言ってたじゃないか」

無意識に呟いていた言葉を聞かれていた。

だって、お米があれば、カツ丼にできるなとか、あれこれ合わせられるなと考えちゃうものなのよ。だって元日本人なんだもの。

「『にほん』が何を指しているかわからないが」

ルイスの言葉にギクリとする。さすがに日本という国はないらしい。

私は誤魔化すために、食材たちのほうに移動した。

「えっと、この食材はどこで手に入るの?」

「この国から少し離れた島国からだ。独自の文化を築いていて、この食材もその文化で出来た物らしい。キモノという服を着ている」

日本――――‼

どう考えても日本風の島‼

「国の名前は？」

「ジャッポーネ」

イタリア語！

ゲームの運営何考えてるの！　イタリア語だとちょっとオシャレとか思っちゃったの⁉　そしてわざわざそんな名前まで付けたのにゲームに一切出てこなかったの⁉　お茶目か⁉

いや、待て、落ち着いて考えよう。運営がジャッポーネを作ってくれたからこそ、これからも日本文化の物が手に入れられるということだ。ならばツッコミはここで終わりにして、運営には感謝せねば。

「ありがとうルイス！　喉から手が出るほど欲しかったの！」

私は鰹節を抱きしめた。固い。まるで木のような鰹節。これを削ると柔らかな鰹節が出来る。出汁もとれるし、豆腐とかに掛けてもいいし、ねこまんまもおいしい。日持ちもする。鰹節最高！

鰹節にスリスリする私にアンネが「ドン引きです」と言ってる声が聞こえたが無視する。アンネと違って私に引いてないらしいルイスが、嬉しそうに微笑んだ。

「喜んでくれたか？　定期的に今後も頼もうと思っている」

「え⁉　本当に⁉」

これを定期的にもらえるのか。

「ありがとう！」

手に入れるのが困難だと思っていたものを継続的にもらえると聞いて、私は嬉しさでルイスに思わず抱きついてしまった。

が、すぐに我に返って離れる。

「ご、ごめん……」

「いや……なんならあと二時間ぐらい抱きついてくれてもいい」

長すぎない？　疲れるでしょそれ。二時間も抱きついていてたら気絶する自信があるわよ私は。

「でも、これってなかなか手に入れられないのよね？　ということは、高価なんじゃないの？　そんなの定期的にもらうなんて……」

私からしたら、これは日本で手に入ったお手頃価格の食材ばかりだ。しかし、この世界では違う。なかなか手に入れられないということは、それだけ希少価値があるということ。

つまり高級品なのである。

「おばあ様のために米を見つけた時に、島まで行くのに便利な海流を見つけたんだ。以前より飛躍的に行きやすくなったから、前ほど手に入れるのは難しくない」

「でも」

「それにこれで商売も始めようと思っている」

まだ躊躇っている私に、ルイスが続けた。

「珍しいということはみんな欲しがるはずなんだ。これを売り出すために、まず味を知っても
らうためにレストランを開いて、それから食材単体でも売り出そうと思う。だが」

ルイスがチラリと私を見た。

「これをどう調理したらいいかわからない。ジャッポーネ国から教わるにしても時間もかかる
だろうし、交渉しているが、料理人に向こうから来てもらうのも難しそうだ。だから」

ルイスが私に向き直った。

「もし、申し訳ないと思うなら、この事業を一緒に手伝ってくれないか？」

「もちろん！」

断る理由がない。

私は日本食材にも日本食にも詳しいし、何よりタダで貰っている気まずさがなくなる。あと
普通にこの事業に興味がある。この国でも日本食を流行らせたい。健康にとてもいいものばか
りなんだから！

「じゃあ、よろしく頼む」

「ええ！」

私はルイスと握手する。

「今フィオナのおかげで健康に対する考えが貴族の間で変わってきている。そこも含めてアピ

ールポイントにして、まずは首都の顧客を獲得し、そのうち他の地域にも展開して国全体で食べられるものにしたい。なんなら食べ物だけでなく、ジャッポーネの雑貨なども売り出したい。今はうちが独占状態だから物珍しさから多少高くても売れるはずだ。あとは……」

「ガッツリ商売する気なのね」

握手しながら語られる計画は現実的で、決してルイスが私のことだけでこの事業を推し進めようとしたのではないことがわかった。

ルイスがもちろんだと頷いた。

「やるからには利益を出す。ハントン家は商売に力を入れている家系なんだ。父も仕事に夢中になりすぎて家に帰ることを忘れているし、俺もすでにいくつか事業を行っている」

まだルイスの年齢だと、当主の補佐的な仕事をする嫡男がほとんどだ。しかしハントン家はすでに一人で事業を任せているらしい。

「どうしたら利益になるか突き詰めて考えるのは面白いぞ。店の経営なら立地はどうか、従業員指導から、従業員が働きたくなるような職場環境の整備、客のニーズの調査、また地域のライバル店の……」

「ルイスが商売が好きということはよくわかったわ！」

このままだと延々と経営ノウハウを語られてしまいそうなので、話の間に割り込んだ。

ところでいつまで私は手を繋いでなきゃいけないんだろう。

「まあ、言うなれば適材適所だ。経営は俺が。フィオナはメニューをお願いしたい。失敗など気にしなくていい。そうならないように俺が上手くやる」

少しだけ不安だった気持ちを見透かされたのだろうか。

しかし、不思議とそう言ってもらえただけで、気持ちが楽になった。

「頼りにしてるわ」

なんだか、自分にもできることがあると実感できて、少し居心地の悪かったこの世界が、少しだけ住みやすくなった気がした。

「じゃあその上でお願いがあるんだけど」

「なんだ？」

「私にも利益を分配してくれる？」

ルイスと婚約破棄したあと、もし家族に頼れない事態になった場合、自分で生きていく術が必要だ。

そのためには個人資産が必要不可欠である。

「もちろんだ。タダ働きなどさせない。利益の半分はフィオナに渡そう」

「そんなに!?」

メニューを作って五割の利益がもらえるなら儲けものである。

売れれば売れるだけ私の懐が潤うから、俄然やる気になってきた。

「必ず損はさせないわ」

「期待している」

私とルイスは見つめ合ってニッと笑った。

「ところでそろそろ手を離しても」

「あと一時間」

「一時間⁉」

結局アンネが引き剥がすまで三十分かかった。

第五章　デート

「で、プレゼント攻撃はやめないんだ……」

私はもはや日参してくるルイスに呆れた声を出した。

部屋はルイスのくれるプレゼントで溢れている。ついに親にお願いしてルイスのプレゼント部屋を作ったが、それももうギュウギュウだ。新たな部屋をもらわなければいけないかもしれない。

「うん、やめない」

ルイスはいい笑顔で宣言した。

「いいじゃないですか、お嬢様。もらえる物はもらっておくのがベストですよ」

ノリノリでプレゼントを開封しながらアンネが言った。

「どうせなら医療機器くれないかな？　フィオナ嬢のためでもあるよ」

アンネが開けたプレゼントを検分しながらエリックが言った。

「そうか。それもいいな」

エリックが余計なことを言ったから今度のプレゼントは医療機器が贈られそう。いや、あったら使う物なのだろうけど……。

そして部屋の扉の隙間から私たちを眺めながら「よかったなぁ」と言ってる家族はなんなの

だ。よかったなぁじゃないし覗かないでほしい。

それに……。

「そんなプレゼントばかりもらっても……」

つい拗ねたような口調で喋ってしまい、目ざといアンネが手を止めた。

「なるほど。お嬢様はプレゼント以外にしてほしいことがあるみたいですよ、ルイス様」

アンネの言葉にルイスが反応した。

「何？　それはなんだ？　なんでも言ってくれ」

グイグイくるルイスに詰め寄られ、私はアワアワしながら壁に押しやられるしかなかった。

アンネが楽しそうな様子でグッと親指を立てたのが見えた。アンネ……あなたね……！

「何をしてほしい？　フィオナのためなら一周回ってワンと言うことすら厭わない」

「いや、それはいい……」

昔から思っていたが、それをされて喜ぶ人間って少数だと思う。

「私がしてほしいのはこういうことじゃなくて……」

「婚約破棄じゃないよな？」

ルイスが笑顔で圧をかけてくる。

いや、婚約破棄もしてほしいんだけど……でもそうじゃなくて……。

「婚約者らしいこともしたことないのに……」

結局盛大に拗ねた声で言うことになってしまい、私は恥ずかしくなって少し顔が熱くなるのがわかった。

「婚約者らしいこと……プレゼントではなく……？」

ルイスがプレゼントの箱をアンネに手渡した。

「フィオナ……もしかして……」

ルイスが一呼吸置いた。

「デートしたい？」

ルイスの言葉に私は顔がカアッとさらに熱くなるのを感じた。

「別にデートなんてッ！」

私が慌てて言い訳を言おうとしたその時。

「まあ～～～！　デート!?　デートですって！　あなた！　デートよ！」

「痛っ！　母さん痛い！」

父の背中をバシバシと興奮した母が叩いた。もはや覗き見はやめたらしい。

「思い出すわね。あなたとのデート……」

母がうっとりした顔をする。

「花園に行ったんだけど、この人緊張しすぎて何もしゃべらなくて」

「母さん、その話はいいじゃないか」

「あらっ！　今じゃなくていつなら子供に初デート自慢できるんですか！」

別にしなくていい。親の惚気など聞きたくない。

父はその時の話をするのが恥ずかしいのか、なんとか話を逸らそうとしているようだ。

「それよりフィオナのデートの話だろう」

「あ、そうでしたね」

私のほうに視線を向けた母は、少し冷静さを取り戻したようで、私とルイスに向き直った。

「ルイスくん、フィオナ」

母が私とルイスの手を取った。そして私とルイスの手を繋がせる。

「初デート頑張ってね！」

この笑顔の圧に誰も逆らえなかった。

こうして私とルイスはデートすることになったのだ。

✦✧✦ ✦✧✦

「お嬢様、デートするんですね」

「そのようね」

私はルイスの店で出す健康を意識したレシピを作りながら、ソワソワしていることを悟られないように平静を装いながら答えた。

ペンを止めない私にアンネが続けた。

「いいですかお嬢様。世の女性はデートとなれば着飾ります」

「そうね」

デートとなれば普段より可愛く綺麗になりたいと思うのが当たり前だ。みんな気合いを入れるだろう。

デート。デートか……。

私もオシャレなドレスとか髪飾りとかして出かけるのかしら……。

「しかし！」

私がデートの格好を想像して少しドキドキしたところで、アンネが大きな声を出した。

「な、何よアンネ」

別の意味で心臓がドキドキしてしまった。驚きで私が死んだらどうしてくれるのだ。

アンネは驚いてペンを落とした私に構わず話を続ける。

「しかしお嬢様は……」

やたら溜め込んでアンネが言った。

「お嬢様は着飾る以前に、一日を乗り切れる格好をしなければいけません！」

アンネが私の机を叩いた。インク瓶が揺れた。

「一日を乗り切る格好……？」

とはなんだろうか。

アンネがチチチと舌を鳴らし、人差し指を立てた。

「重たい綺麗なドレスを着て、がっちり髪型を整えて、苦手な化粧をして、ヒールの高い靴を履いて――弱弱なお嬢様が一日無事に過ごせるとお思いですか？」

あ……。

私はその姿をしている自分を想像した。

ハアハア言いながら足を引きずるように歩き、とてもデートと思えない蒼白な表情をして――倒れた。

「無理！　もたない！」

パーティーですら体力のなさが原因で最後まで参加できないというのに。

病弱な身体で外出する上に、デートという緊張も加わり、さらに重装備などしたらすぐにデートどころではない事態に陥るだろう。

倒れた私を抱えるルイスが脳裏によぎった。

私はともかく、ルイスが可哀想だわ……。

「ええ、ですから」

アンネがスッと部屋の扉の前に移動したかと思えば、そのまま扉を開けた。

「軽くて身体に負担にならない、オシャレなお洋服を作ってもらえるように、国で有名なデザイナーをお連れしました！」

扉の先には一人の女性が立っていた。

「ナタリーと申します」

背筋をスッと伸ばし、被っていた帽子を外し、綺麗な礼をして挨拶した女性。

茶色い髪に緑の瞳の、色味は今まで出会った人の中では落ち着いているのに、洗練された動作と、美しい顔立ちが彼女を平凡に見せない。

唇の下にあるホクロがセクシーで、大人の女性の色気というものに当てられそうだ。

デザイナーのナタリー。聞いたことがある。

確か今国で一番人気のデザイナーで、予約は十年先まで埋まっているとか、どうしても彼女のドレスが欲しくてある国の王女様が国家予算をつぎ込んじゃったとか……。

「ま、まさか、あのナタリーさん？　どうやって予約を……」

私は彼女の存在は知っていたが彼女に仕事を依頼したことはなかった。最後まで参加できないパーティーのドレスにそんなにお金をかける気もなかったし、彼女が忙しいことも知っていたからだ。

私が驚くと、アンネが親指と人差し指を繋げて言った。

「これの力ですよ」

「アンネ、品がない」

「ちなみにルイス様のポケットマネーだそうです」

「お金出してるのルイスなの⁉」

親が依頼したのかと思ったが違ったらしい。

「『婚約者がいつでも綺麗でいられるようにするのも婚約者の務めだ』とのことです。できた方ですね」

アンネはルイスの行動にとても満足そうだった。

おかしい。前は目の敵にしていたはずなのに。

「アンネ、ルイスのこと嫌っていたのに手のひら返しすぎじゃない？」

「私はお嬢様を大事にしてくれる人間には好意的なんです」

アンネ基準の『私を大事にする判定』でルイスは合格したらしい。

「うふふふ」

アンネと話していると笑い声が聞こえた。声の方を振り返ると、ナタリーさんが笑っていた。

「あら、ごめんなさい。侍女さんと仲良しで羨ましくて」

ナタリーさんがおっとりした仕草で頬に手を当てた。

「そうなんです。仲良しなんです私たち」

アンネはここぞとばかりにナタリーさんの話に乗った。仲良しなのは間違いないからいいけど。

「ではそろそろお仕事しましょうか」

ナタリーさんがカバンを置いて、中をガサゴソと漁る。

「ドレスより軽くて、それでいて見た目を損なわず、婚約者をドキリとさせる服でしたね？」

アンネそんな依頼をしたの？　婚約者をドキリって何？　そんなこと私は頼んでないわよ？

「安心してください」

ナタリーさんはカバンからメジャーを取り出してビーッと伸ばす。

「このナタリー。フィオナ様に合った完璧なお洋服を作らせていただきます」

にこりと彼女は微笑んだ。

✦✧✦ ✦✧✦

「出来ました」

ナタリーさんがおっとりした笑みを浮かべたまま、我が家に大きな荷物を持ってやってきた。

おそらくその荷物の中身が、依頼した品なのだろう。

「開けてみてください」

私はゴクリと唾を飲み込みながら、荷物を開封した。

中から現れたのは、綺麗な布地のワンピースだった。

白いワンピースに、胸元やスカート部の裾にはレースがあしらわれ、ドレスとは違うが、高級さは損なわれていない。

青い糸で刺繍もされていて、流行に疎い私から見ても、とても心躍るデザインだった。

「わあ、素敵」

「どうぞ着てみてください」

お言葉に甘えて、私はワンピースを身につけた。

肌触りもとてもいい。何より軽かった。

「すごい！」

「可能な限り軽く、そして熱がこもるのもよくないだろうと思い、通気性のよい生地を使わせていただいております。いかがでしょうか？」

「とてもいいです！」

ここまで軽い服を着るのは初めてだ。正直ドレスはオシャレでテンションが上がるが、重く暑いのだ。病弱な私にはなかなかキツい服装だが、ドレス文化のために着るしかなかった。それに対してこれは疲れにくく、身体の負担が少ない。

何より一番違うのは、コルセットだ。この服はコルセットがなく、窮屈さから解放された。

「靴はこちらを」

そう言って差し出されたのは、ヒールのない靴。現代ではフラットシューズと呼ばれる、あの歩きやすい靴だ。フラットすぎても足が痛くなるものだが、これはクッションがしっかりしており、疲れにくそうだ。ヒールはないが、ワンピースに合わせたデザインでとても可愛かった。

「アクセサリーはこちらを」

ナタリーさんがサッと首に着けてくれたのは、宝石が小ぶりなネックレスだった。

「なるべく重くないように、過剰な宝石は控えながらも、ワンポイントアクセントになるデザインとなっております」

貴族は宝石類を身につけるが、一粒一粒が大きかったりと、これが意外と重い。肩が凝るし、それによって頭痛の原因になる。

しかしこれはとても軽く、着け心地がいい。

「あとはこちらの髪飾りもお使いください。女性は髪型を少し変えるだけで印象が変わるので、色々試されるといいと思います」

ネックレスが小ぶりなためか、髪飾りも用意してくれていた。

「髪型は私の腕の見せどころですね」

アンネが髪飾りを受け取りながらやる気を出していた。

私は用意された姿見を見て、ほぉ、と息を吐いた。

ドレスとは違う美しさがあり、コルセットはないけれど、形崩れもせず綺麗だ。私の身体のことを考えて作るので大変だっただろうが、こちらの期待を超える出来栄えだった。

ナタリーさんが国一番のデザイナーと言われるのも納得である。

「お嬢様、大変お似合いでございます」

アンネも満足そうに私を見ていた。

「ありがとう、ナタリーさん」

嬉しくなった私が笑みを浮かべてお礼を述べると、ナタリーさんもにこりと微笑み返してくれた。

「お礼を言うのはまだ早いですよ」

「え?」

ナタリーさんの言葉を待っていたかのように、扉が開いて我が家の使用人たちが何やら大量に荷物を持ってきた。

「え？　え？　え？」

驚く間に大量に運ばれたかと思えば、使用人たちは用が終わるとサッと去っていってしまった。

残されたのは、大量の荷物とアンネとナタリーさんと私である。

ナタリーさんが使用人が置いていった一つである、何かカバーがかかった物に手をかける。

そしてバサッとカバーを落とした。

そこにはドレスがあった。

「ドレス……？」

今回の依頼はルイスとのデートの服を仕立てることだったはずだ。そしてその服は今、私が着ている。

ではこのドレスはなんなのか。

「こちらもご依頼いただいたのです。ルイス様から」

「ルイスが？」

ナタリーさんが頷いた。

「フィオナ様は貴族。となれば、これからもドレスを着る機会は幾度もあります。今回のようにワンピースを着られたらいいでしょうが、現在はドレス文化。私はいずれ貴族の間でもこのワンピースのようなものが流行るのを確信していますが、今はまだその時ではありません。ですので」

ナタリーさんがトルソーからドレスを一枚脱がせた。そしてそれを私にそっと手渡す。

「フィオナ様の負担が少ないドレスも今後のために作っておいてくれとのご依頼でした」

「私のため……」

私は手渡されたドレスを見る。

「軽い……」

もちろん今着ているワンピースほど軽くはない。だけど、今まで着ていたドレスよりは圧倒的に軽かった。ワンピースと同じく、素材にもこだわってくれており、肌触りもとても良く、通気性も良さそうだった。それでいてさすがこの国一番のデザイナー、ナタリーさん作のドレス。軽いながらも美しさを損なわず、どこに着ていっても恥ずかしくないどころか自慢できるデザインとなっていた。

「ドレスに合うアクセサリーや靴も用意しております」

トルソーにかかってない箱に入った荷物たちは、どうやら靴やアクセサリーが入っているらしい。

「愛されてますね」

「あ、愛……!?」

私はワタワタと手を動かして否定した。

「愛だなんてそんな……婚約者としての義務で……！」

「あら、義務でここまでされる方はいらっしゃらないですよ？」

にこにこと告げてくるナタリーさんに私は口を閉ざすしかなかった。

顔が熱い。ナタリーさんが変なことを言うから。

「まあ何はともあれ、こんなにしてくださる婚約者さんは素敵ですよ」

確かにとても有難いし嬉しい。

「私が欲しいぐらい」

私はバッとナタリーさんを見た。

「い、今なんて？」

「いえ、素敵な婚約者さんで羨ましいな～と」

穏やかに笑うナタリーさんに、私は少し気持ちが落ち着かなくなった。なんだろう、モヤモヤする。

「ふふふ、やだ。私ったら少しからかいすぎましたね」

「か、からかう？」

私はからかわれたのか。ならばさっきの言葉は嘘……？

「羨ましいと思うのは本当ですけどね。だってこんなに尽くしてくれる婚約者がいるのは、誰だって羨ましいですわ」

尽くす……やはり私は尽くされているのだろうか。

さっきとは違う胸のざわつきに襲われて、思わず胸に手を置いた。

「ごめんなさいね。あまりにフィオナ様の反応が素直で可愛いから、ついからかってしまいました」

ふふふ、と笑われてなんだか恥ずかしい。すべて見透かされている気分だ。

どう反応していいかわからない私を、ナタリーさんは微笑ましそうに見ていた。

「わかりますよ、ナタリーさん。私もお嬢様の反応が可愛くてよくやります」

アンネだけは通常運転だった。

✦✧✦ ✦✧✦

——変じゃないかな？

私はドキドキしながらルイスが来るのを待っていた。

ナタリーさんに作ってもらったワンピースと靴。そしてアクセサリーを身にまとい、落ち着かない気持ちで紅茶を飲む。

「ルイス様がいらっしゃいました」

カチャン！

来訪を知らせてくれたアンネに驚いてティーカップを手から危うく落としそうになった。

私は何にもなかったように装いながらティーカップをテーブルに戻した。

「今行くわ」

「お嬢様」

アンネが残念なものを見る目で私を見た。

「そんなに落ち着かないで……それだけデートが楽しみなんですね」

「そ、そんなことないわ！　ちょっとアンネがいきなり話しかけてきたから驚いただけよ！」

「声をかけられるだけで動揺するほど緊張していると」

「アンネ」

「冗談です」

まったく。昔からアンネは笑えない冗談を言う。

私はアンネを連れて玄関ホールへ向かった。

到着すると、そこにはルイスが立っていた。

「お待たせ」

私はドキドキしながらルイスのそばに行く。

なんだろう、デートだと意識しているからだろうか。ルイスがいつもの五割増しでかっこよく見える。

ルイスはじっと私を見た。

「へ、変……？」

無反応のルイスに不安になってくる。

もしやナタリーさんの営業トークに乗せられただけで実は似合っていないのだろうか……？

「やっぱり着替えてくる……」

新しく新調したドレスのほうを着てこよう。ドレス姿なら見慣れているから少なくとも変ではないはずだ。

「待ってくれ！」

私が踵を返すと、ガシリと肩を掴まれた。

振り返ると、顔を真っ赤にしたルイスと目が合った。

ルイスは私の肩から手を離すと、珍しく動揺を隠せないまま口を開いた。

「違うんだ……その、フィオナが可愛すぎて……」

「え？」

可愛い……？

ルイスの言った可愛いがじわじわと胸に沁みる。

ルイスから見て、ちゃんと私は可愛く見えているらしいことに嬉しくなった。

「その服、すごく似合ってる」

「ドレス姿じゃないんだけど……」

「ドレスじゃなくても可愛いよ」

また可愛いと言われて、今度は照れの気持ちも出てきた。

嬉しいはずなのに恥ずかしい。なんだろう、この気持ちは。

「その姿ならドレスより楽か？」

「うん、とても。ありがとう、ルイス」

この服を作るように手配してくれたのはルイスだ。

私は素直にルイスにお礼を言う。

少し前までの私とルイスの関係だったらそんなことは言えなかっただろう。

「じゃあ行こうか」

「うん」

私はルイスに連れられながら家を出た。

玄関の扉が閉まる瞬間、アンネが手を振っているのが見えた。

✦✧✦　✦✧✦

馬車を降りて到着したのは、劇場だった。

「ここなら座って見られるし、フィオナも無理しないでいられるだろう」

私の体調を考慮したデート場所だったようだ。

中に入ると中年の男性が寄ってきた。

「これはこれは、ハントン公子殿！　お待ちしておりました」

男性がぺこりと頭を下げる。

「フィオナ、この劇場のオーナーだ」

小太りのオーナーはハンカチで汗を拭く。

「初めまして。ハントン公子殿の婚約者のフィオナ様でございますね。お話は伺っております」

オーナーはスッと手を劇場の入口に向ける。

「さあ、こちらへ」

オーナーに案内された方向に足を進める。専用通路なのか、途中で誰かにすれ違うこともなかった。

到着したのは、大きな専用鑑賞席だった。

「では、ごゆっくりお寛ぎください」

オーナーは扉を閉めて去っていった。

「すごいわね」

劇場には貴族や富豪の専用鑑賞席はあるものだが、それにしても広い。

「うちが経営している劇場だからな。ハントン家用として、他より大きな専用席を作らせたんだ」

ハントン家用の席なのね！

改めてハントン家の力を思い知った。父から「ハントン家がこの国の経済を回している」と聞いたことがあるが、私が婚約を嫌がらないために大袈裟(おおげさ)に言っているのだろうと聞き流していたが、この様子では本当のことなのだろう。

「フィオナ、ここに座って」

ルイスに促され座った席は、ふかふかで、これなら長時間座っても疲れないだろうと思える見事な作りだった。

ルイスはそっと私の膝に膝掛けを掛けてくれる。

「観劇中体調が悪くなったら言ってくれ」

「あ、ありがとう……」

ルイスのおばあ様を治してからルイスがやたら優しい。

私が病弱だと言ったことを理解してくれたことと、おばあ様への恩があるからだろうけど……なんだろう。とてもとても……むず痒い！

優しくされるのは嬉しいけどどう反応していいかわからない。変な反応をしてないだろうか。

ルイスが気を悪くしてないかな、と様子を窺うと、ルイスは優しくこっちを見ていた。

「げ、劇始まったね……」

「そうだな」

「……」

「……」

「あの……」

「なんだ？」

「ずっとこっち見てるの？」

劇が開幕したというのに、ルイスは劇には目もくれずじっと私を見ていた。

なぜ。ここは劇を見るための席なのに。

「俺のために着飾ったフィオナを見るのは貴重だから、一緒にいる間ずっと見ておかないと損だろう」

サラッとルイスが言う。

どうしてそういう台詞を照れずに言えるの⁉　そんな甘い言葉をホイホイ吐く人じゃなかったじゃない！

今までは私と仲違いしてたから言わなかったの？

いや、それにしても対応が変わりすぎでしょう！

もっと段階踏んでくれないと、私どうしたらいいかわからない！

言っておくけど私〝ノ〟学生の頃は苦学生だったし、社会人になったらうっかりブラック企業入っちゃって社畜してたんだから、まったく恋愛経験ないんだからね！

甘い言葉をサラリと躱（かわ）すようなスキル持ってないのよ！

「せ、せっかく劇に来たんだから見ないともったいないじゃない」

「劇はいつでも見られる。だがデート中のフィオナを見られる機会は限られているからな」

ダメ！　口で勝てない！

これ以上口を開くと墓穴を掘りそうで、私はルイスから顔を逸らして劇を見ることにした。

劇の内容はオーソドックスな恋愛もの。犬猿の仲の婚約者がお互いの気持ちのすれ違いに気付くというものだ。

……私たちの関係に重なる部分が多々あるんだけど、これはまさかわざわざこれを公演するように指示出してないわよね、ルイス？

ヒロインの名前がフィオーネ、ヒーローの名前がルイなんだけど私たちと名前が似てるのはわざとじゃないわよね、ルイス？

観劇にも集中できず、ルイスを見ることもできず、落ち着かないまま時間が過ぎていった。

✦✧✦　✦✧✦

「泣けた……」

人間とはなかなか現金なもので、あれだけ集中できないと言っていたのに、いざ見始めたら真剣に見てしまった。

まさかの感動ストーリーで最後は泣いてしまった。

「フィオーネ生きててよかった……」

倒れた時はどうしようかと思ったけどルイのおかげで間に合ってよかった。お医者さんのエリーも素敵だった。

「楽しかったか？」

ルイスに訊ねられて私はハンカチで涙を拭いながら頷いた。

「よかった。とてもよかった……」

「そうか。夜なべして書いたかいがあったよ」

ルイスの言葉に私は瞬きした。

「え？　書いたの？　ルイスが？」

「ああ。フィオナが喜んでくれるように」

さ、才能の無駄遣い……。

顔も良くて、頭も良くて、経営手腕もあり、家柄も良く、さらに物語を作る才能まであるのか……。

天は二物も三物も与えすぎである。

逆に弱点ってなんだろう。七歳からの仲なのに知らない。

というより、あまりルイスのことを知らないかもしれない。

ゲームで知っていることはあるけど、現実のルイスについては、仲が悪かったから、あまり知ろうともしなかった。

「……私、もしかして最低なんじゃ……」

婚約者のことを知ろうともせず、不機嫌な態度を取っていたのに、それでいて結婚してもらう気満々だった。

普通に考えても失礼な女である。

ゲームのフィオナほどでないとしても、嫌なやつだったことは否めない。

「さ、行こうか」

私が反省していると、ルイスが手を差し伸べてくれた。私はその手を取って席から立ち上がる。

「この後だが、街を少し歩かないか？」

出口に向かいながらルイスが提案した。

「フィオナは身体が弱かったから、外出もあまりしてこなかっただろう？　街歩きの経験もないんじゃないか？」

ルイスに言われて初めて気付いた。

私は人生のほとんどを家の中で過ごしている。

幼い頃から病弱だったから、出かけるとしてもルイスの家か、参加しなければいけないパーティーぐらいで、それ以外は家に閉じこもっていた。

当然街など行ったことがない。

病弱な私が、人の多い街に行くことなどできなかったのだ。

しかし、今は違う。

昔なら少し歩いただけでくたびれてしまったが、最近は健康に気を配ったおかげで体力も付いてきた。

今ならきっと大丈夫だ。

「行きたい！」

「よし。じゃあ劇場を出たら馬車に乗らないで、そのまま少し歩こう」

劇場から出ると、ルイスは御者に何か指示を出した。そして戻ってくると私の手を握った。

「じゃあ行こうか」

さっきのエスコートのための手繋ぎではない。これはデートとしての手繋ぎだ。

私はドキドキしながらもその手を振り払わなかった。

そして別の意味でもドキドキしていた。

初めて見る景色。感じる街の活気。行き交う人々の姿。

どれも初めてのもので、私は興奮が隠せなかった。

「わあ～！　すごい！」

ベッドに横になりながら想像したことはあったが、本物の街はそれをさらに上回っていた。

「どこか行きたい所はあるか？」

「えーっと……」

どこに何があるのかわからない。行きたい所ばかりだが、全部見ていたら時間と私の体力が足りないだろう。

「とりあえず何か食べよう。二つもらえるか？」

前半は私に、後半は目の前にある屋台の店主に言った。

「はいよ。味は何にする？」

屋台はアイスクリーム屋だった。バニラ、チョコ、イチゴの三種類があった。

「じゃあイチゴを」

「俺はチョコを」

「了解！」

屋台の店主は手際よくアイスをすくい取るとコーンの上にのせていく。

「はい！」

「ありがとうございます！」

アイスを受け取ると、私とルイスはアイス屋の近くにあった広場に行き、噴水の縁に腰掛けた。

「いただきます」

私は備え付けられていたスプーンでアイスをすくい、口に含んだ。

「……おいしい！」

イチゴの酸味とアイスの甘さが合わさって、とてもおいしかった。

そういえば、こうした前世で気軽に食べられたジャンクフード的なものを、今世で食べたのは、初めてかもしれない。

家のシェフは本格的な料理しか作らないし、私の記憶が戻ってからは、健康メインの食事にしてもらっていたからこうしたものは出てこなかった。

久々に味わう懐かしい味に舌鼓を打った。

「アイスは好きか？」

「もちろん」

アイスが嫌いな人間などそうそういない。例に漏れず私もそうだった。

ああ、地道に体力つけてよかった……こんな小さな喜びも知らずに生きていくところだった。

「他に何か食べたいものはあるか？　といっても、フィオナの好みの健康食はこういうところにはないかもしれないが……」

ルイスが申し訳なさそうな顔をした。

「ううん！　こういうところは身体に悪いとか考えないで食べたいもの食べるのが醍醐味でしょう！」

屋台とか身体のことを考えたら避けたほうがいいものばかりだ。しかし、おいしくて、その時しか食べられない特別感……それを味わい感じて楽しむことに価値があるのだ。

「確かに健康は大切だけど、無理しすぎてストレス溜めるのも身体によくないもの。こういう時は遠慮しないと決めているのよ」

自由に好きなものを食べることも生きる上で大切なことだ。

人間は味覚を持って生まれてきているのだから。

ストレスを溜めることこそ万病の元だからね！

「というわけで、あのお店も気になるんだけど」

私は麺焼きの屋台を指さした。

雰囲気からして、焼きそばっぽい。前世でよく行った近所の夏祭りを思い出して懐かしくなる。

「ああ。好きなだけ回るといい」

ルイスは笑って私の望むままにお店を回ってくれた。

まさか食べ歩きができるとは思ってもいなかった。

好きなものを見て、好きなものを食べて。

久しぶりに自由に楽しめて、私も笑顔で過ごすことができた。

✦✧✦　✦✧✦

「送ってくれてありがとう。でも門の前までで大丈夫よ？」

「いや、きちんと最後まで責任持って送らないと」

私がいいと言うのにルイスは譲らなかった。

ルイスは門から家の前まで一緒に歩いている。

「こういうことはしっかりしないと、ご両親からの信頼が得られない」

「そんなことないと思うけど」

「いいや、今までのことがある」

ルイスが首を横に振った。

「俺はいい婚約者ではなかった。少しでも名誉（めいよ）挽回（ばんかい）しなければ」

ルイスは私のことを誤解して冷たい態度を取っていた。しかし、私の家族の前では好青年を演じていた。だから、親もルイスに対して良い婚約者という反応だった。社交界での私の評判も家族は知っているし、むしろ少し負い目を感じている様子すらあった。

とはいえ、ルイスと不仲でパーティー中も一緒にいないことも、社交界での噂で知っていたはずだ。ルイスにいい反応をするからと言って、内心どう思っているかわからない。なにせ家族は私を大切にしてくれている。

「特に君のお兄さんなんか俺を射殺さんばかりの目で見てきていたからな……」

「き、気のせいじゃ……」

と言いたいが、あの兄なら有り得る。

少々私への愛が重いのだ。

「お土産も買ったし、大丈夫よ」

私は屋台で買った物が入った袋を掲げて見せた。

「これできっとお兄様の機嫌も……」

「フィオナアアアア!!」

開けようと手をかけた扉から兄が飛び出してきた。そのまま私に抱きつく。

「きゃ――――!! 何!? ちょっとやめてよ鬱陶(うっとう)しい！」

「兄に向かってなんてこと言うんだ!? お兄ちゃんはこんなにフィオナを愛してるのに！」

「それが鬱陶しいの！」

「うう……これが思春期……」

思春期とか一切関係なく、いきなり抱きついてくる兄弟など鬱陶しいに決まっている。

兄は悲しそうにしながら私から離れた。

「そうじゃなくてフィオナ！　お前、何をしたんだ⁉」

「え？　しばらく何もしてないけど……」

記憶を取り戻してからは大人しくしている。今日のお出かけでも何も問題なく過ごしたはずだ。

兄に遅れて母と父も玄関前にやってきた。二人とも顔色が悪い。

「嘘をつけ！　じゃあどうして……」

兄がピッと私の目の前に手紙を突きつけた。

「どうして王家から手紙が来るんだ⁉」

「……王家？」

私は兄から手紙を受け取った。

そこには王家の紋章が刻まれていた。これを使えるのは当然王家のみ。つまり、これは正真正銘、王家からの手紙。

そして宛名は私。

そう、間違いなく、『フィオナ・エリオール』と書いてある。

私は恐る恐る中身を開ける。

『フィオナ・エリオール殿
至急王宮まで来たれり』

「は？」

それは誰がどう見てもわかる、呼び出しの手紙だった。

呼び出し、誰が？　王家が。

誰を？　私を。

私を？

なんで⁉

「どういうこと～～～～～～⁉」

屋敷の中に私の声が響き渡った。

第六章　王宮へ

私たちは今、馬車の中にいる。

そう、私たち、だ。

「なんで僕もこの場にいるわけ？」

心底わからないという表情で、私の対面に座るエリックがこちらに顔を向けた。

「いや、一人じゃ怖いし……」

馬車の揺れに身を任せながら、「自動車ってよかったなあ……」としみじみ思う。近場だからよかったけど、そうじゃなかったらこの病弱な身体、乗り物酔いで死んでたかもしれない。

私は恐怖の紙を握りしめた。

そう、王宮召喚の便りである。

「だってこれ『至急王宮まで来たれり』しか書いてないんだもん。怖い」

身に覚えがない。いや、もしかしたらやらかしているのかもしれない……。

だって私は悪役令嬢。記憶を取り戻したのも最近で、その前までは体調不良のせいで、性格がいいとは言い難かった。

体調が悪い時に王太子に話しかけられたりしたとか……？　いや、王太子とまともに話した記憶がないからさすがにそれはないと思う……思いたい。

「僕がいなくても……」

エリックがスッとこちらに指を差した。

「隣に婚約者様がいるじゃないか」

エリックが指差したのは私ではない。私の隣に座る人物だ。

そう――ルイス・ハントン。私の婚約者である。

「……なんでいるの？」

そう、なぜかこの男、ちゃっかり私の隣に座っているのである。ちなみに呼んでいない。

「俺はフィオナの婚約者だ。ついて行くことはおかしなことではない」

胸を張ってルイスは答えた。

「……頼んでないんだけど」

「エリックはよくて俺がダメな道理はないだろう」

どういう理屈だろう、それは。

「一人だと怖いと言うなら、俺がいたほうがいいだろう？」

それはそうかもしれないけど……。

「それに、急に体調が悪くなったらどうするんだ？」

「そのためにエリックを呼んだんだけど」

「俺がそばにいたら支えられるだろう？」

人の話を聞いていない。

「俺がいるのが嫌か……？」

ルイスがちょっとシュンとして訊ねてきた。

「いや！　いてくれると心強いけど！」

慌てて否定するとルイスがホッと胸をなで下ろした。

別にいてほしくないわけではない。呼び出されて不安だし、人数は多いほうが安心する。

しかし、ゲームになかった展開だから、ルイスを連れて行って何か起こらないかが少し不安だったのだ。

いや、ないはずよね？　シナリオにこんなのなかったし……変なこと起こらないよね……？

不安に思っていると、ルイスが私の手をそっと握った。

「大丈夫だ。何かあったら俺がなんとかするから」

「ルイス……」

私はルイスと見つめ合った。なんだろう、前まで私たちはいがみ合っていたのに、今はこうして私の味方になってくれている。

「お二人さん、僕がいること忘れてる？」

すっかり存在を追い出してしまったエリックが、じとーっとした目でこちらを見ていた。

私は慌ててルイスから距離を取る。

「わ、忘れてないけど⁉」

「ふーん。どうでもいいけど」

エリックが立ち上がる。そして馬車の扉を開けた。

「着いたよ」

促されて馬車の外に出ると、そこにはゲームのスチルで見た、美しい城がそびえ立っていた。

「わあ……すごい」

感嘆の声が漏れる。

その声を聞き逃さなかったルイスが訊ねた。

「欲しいのか？」

「はい？」

何のことだかわからず聞き返すと、ルイスは大まじめな顔で言った。

「こういう城が欲しければ作れるぞ」

こういう城が欲しければ作れる……？

「それってこれのこと？」

まさかな、と思いながら王宮を指差したらルイスが頷いた。

「これのことだ」

私はゆっくり王宮に向き直った。

さすが一国の王が住むだけあり、壮大で優美な城。見上げてると首が痛くなる高さで、存在感を醸し出している。

「必要ないからと今の屋敷はほどほどの大きさにしているが、金はあるからいつでもこれぐらい作れる」

うっ……！　見える……！　ルイスの後ろにお金が……！

さすが仕事が大好きですべて成功しているハントン公爵家の跡取り。スケールが違う。

この王宮と同じレベルをポンと作れるハントン家。恐ろしい……。

「い、いい……大丈夫……」

「遠慮しなくても」

「遠慮じゃなくて……こんな大きな家だと落ち着かないし、広すぎると大変だから……」

家の中を歩き回るだけで疲れてしまう。ただでさえ体力がないのに。

「そうか。確かに大きすぎるとフィオナには不便だよな」

私が謙遜ではなく本気で必要ないと思っていることに納得してくれたようだ。

ホッとしたのもつかの間、ルイスがこちらに笑顔を向ける。

「そのうちフィオナが過ごしやすいように、今の屋敷を改装するから安心してくれ」

「え……？」

改装って……あの大きな屋敷を？

私は先日おばあ様の件で伺ったハントン家を思い出した。我が家より大きく綺麗な屋敷。どこも改装する必要がないような気がする。

「まずフィオナの部屋は日当たりのいい部屋にして、扉もフィオナが開けやすいように軽いものにしよう。フィオナが疲れないように、よく行く食堂や浴室は部屋から近い所にしようか。

あと廊下に手すりも付けておいたら急にふらついても安心だよな。それから──」

バリアフリー？

病弱だけど、家の中を直すということは考えたことがなかった。実家に帰ったら色々見直してみよう。手すりは便利そうだ。

ペラペラと色々話していたルイスが、不意に言葉を止めた。

「フィオナは何か希望はあるか？」

「え？」

「部屋に何か置きたいとか……何か希望はあるだろう？」

希望……。

私は自分が住む部屋なら、と考えて思いつく。

「窓と扉は一直線上にあるといいな。換気する時、そのほうが効率がいいの」

よく窓だけ開ける人もいるが、それは誤りだ。窓と対角線上にある扉、もしくは別の窓を開けておくと、流れを邪魔せず、部屋から不要なホコリや菌などを追い出すことができるのだ。

「そうか。部屋を作る時はそうなるようにするな」

「ありがとう」

エリックが小声で「未来予想図は僕のいない所で話してくれないかな」と呟いたが、私たちは気付かなかった。

ルイスにお礼を言った時に、王宮の使用人が現れた。

「お待たせして申し訳ございません。フィオナ・エリオール侯爵令嬢様でお間違えありませんか？」

使用人に確認され、「そうです」と頷きながら、私は王宮から届いた手紙を渡した。これで私が本物であるということが証明できる。

使用人は手紙を開いて確認すると、「ありがとうございます」と言いながら、手紙を懐にしまった。

「私は王太子殿下の侍従のアーロンと申します」

ぺこり、と挨拶される。

アーロンというキャラはゲームでは紹介された覚えがない。でもゲームのスチルでたまに王太子の後ろに控えるキャラがいた。それがもしかしたらアーロンだったのかもしれない。

アーロンがルイスとエリックを見る。

「フィオナ様のみ呼ばれたと思うのですが、皆様は……」

「俺は婚約者だ。こちらはフィオナの主治医」

「主治医様……ですか？」

使用人が怪訝(けげん)な顔をした。まだどこからどう見ても子供のエリックを見て医者だとは思えないのだろう。

「正真正銘医師免許を持っている医者だよ。ほら」

エリックは持っていたカバンから医師免許を証明する紙を取り出すと、アーロンにそれを見せた。アーロンはそれを確認すると「確かに」と頷いた。

「大変失礼しました」

「いいよ。王宮に得体の知れない人間を入れられないのはわかってるし、慣れてるから」

エリックは医者かどうか疑われることが多いから、医師免許の証明書を持ち歩いているのだろう。

「案内いたします。こちらへ」

アーロンに促されて後に続く。

歩きながらドキドキしてきた。何を言われるんだろう。私本当にやらかしてないかな？

不安になりながらアーロンの後ろを歩く。なぜ王宮というのはこんなに広いのだろうか。この長い廊下は必要あるのか？　王族なんて数人しかいないのにこんな広さが必要なのか？

要らぬことをつらつら考えている間に、アーロンが立ち止まる。そこは大きな扉の前だった。

嫌な予感しかしない。

こんな大きな扉の前だなんて、「ちょっと応接室でお話ししようか？」とかのレベルじゃない。のんびりお茶飲みながら話をするやつじゃない。これガチなやつだ。

「陛下がお待ちです」

やめて開けないで。

心の中で懇願するが、アーロンはその大きな扉を開けた。

ゆっくりと扉が開いていき、ついに全開になった時、扉の先にいたのは、この国の重鎮たちだった。

この国の最高権力者である国王陛下と、その息子であるジェレミー王太子殿下。金の髪色を纏った彼らは、ただそこにいるだけなのに圧倒的な存在感だった。

次に宰相とその息子で宰相候補であるサディアス令息。青い髪をした落ち着いた雰囲気で、親子共々知的な雰囲気が窺える。

そして騎士団長と、その息子の次期騎士団長予定であるニックだった。さすが代々騎士を排出する家系。二人ともこの場にいる他の人たちより筋肉があった。近くにいる宰相親子が涼し気な出で立ちだからだろうか、見た目だけで暑くるしい。

お偉いさんが揃ってる。気まずい。

ニックがこちらを見てニカッと笑って手を振ったので、ひきつり笑いになりつつも、私も手を振った。彼はこういう時でも緊張しないのね。

扉から国王陛下の座る大きな椅子まで一直線に絨毯が敷かれている。王宮に来たのは初めてだが、ここがなんと呼ばれる部屋かわかる。

絶対ここ玉座の間だ。

だって見覚えあるもん。よく断罪されたり、旅立つ前に有難いお言葉を賜ったり、王位継承の儀式とかある場所でしょ？　いろんなゲームや漫画で何度も見たことある！

嘘でしょ。なんでこんな厳かな所に呼び出されたの、私。

え⁉　本当に何した⁉　まだ断罪されるようなことは何もしてないよね⁉

「フィオナ？」

固まる私にルイスが声をかける。ハッ、いけない。国王陛下を待たせてしまっている！

なんで呼ばれたかわからないけど、心証は良くしておきたい。

恐れ慄きながら私は一歩ずつ歩く。

コツコツ、という私の足音が響く。その後をルイスの靴音が追いかけてくる。そしてルイスより軽い靴音がその後にする。エリックの足音だ。一人じゃないということがわかって心強い。

ついに国王陛下の前についた。

「よく来たな、フィオナ嬢」

国王陛下に声をかけられ、カーテシーを披露する。

「フィオナ・エリオールでございます。陛下からの手紙に馳せ参じた次第です」

国王陛下と直接対面するのは初めてだ。パーティーなどで遠目に見たことや、親を交えて軽く挨拶したことはあるけれど、こんな近距離で話をしたことなどない。

この人がこの国の最高権力者。

ゲームではサラッとしか出てこなかったから、実際どんな人かわからない。特に変な噂なども聞いたことないから、いきなり断罪をしたりする人物ではないと思うけど……。

チラッと国王陛下を見たら、にこりと微笑まれた。反射的に笑みを返す。

そして国王陛下が何かを手にした。細長くて固さはなさそうな……あれ、あれ見覚えあるぞ。

「ここに書かれていることは本当か？」

あ――――！　ああ――――！　それは‼　あの新聞‼

そう、私のことが特集されてしまったあの新聞である。

「へへへへへ陛下、それは大袈裟に書かれておりまして……」

「『先日から話題のハーブであるが、なんと発案者はエリオール侯爵の娘、フィオナ令嬢であることが発覚した。彼女は誰も知らないハーブの効果についての知識を持っており、それが今回の流行の火付け役となった。フィオナ令嬢の兄、バート・エリオール侯爵令息は「あの子は昔からできる子でしたがそれを鼻にかけない子でした」と語っており……』」

お兄様――――‼　お兄様――――‼

兄バカ記事を読まれて心の中で絶叫する。やめて本当に、いたたまれなすぎる。こんなものを一国の王にまで読まれてしまったのか。

国王と対面して早々にライフがゼロになってしまった。今あと一撃くらったら再起不能になってしまう。そうなったら堂々と気絶しよう。

主治医もいるから安心だといつでも倒れる準備をしながら私は平静を装い口を開いた。

「国王陛下のお耳にも入っていたとは恐悦至極でございます」

「エリオール侯爵令息の愛を感じるな」

もうダメ今のでクリティカルヒット。

よし、気絶しよう。

サクッと倒れようと思ったところに国王陛下が言葉を続けた。

「フィオナ嬢に折り入って頼みがある」

私は倒れようとした意識を浮上させた。

「頼み、ですか？」

一国の王が侯爵令嬢に頼み？

「ああ。実は深刻な問題があってな。詳しくは――」

「俺が話そう」

国王陛下の隣にいた人物が、スッと一歩前に出てきた。

私はこの人物を知っている。

サラサラと揺れる美しい金の長髪。新緑を思わせる瞳に、それを縁取る長いまつ毛。シミ一つない美しい肌。品位の高さを感じさせる佇(たたず)まい。緩やかな笑みを浮かべる綺麗な顔。

そう、彼こそ、この国の王太子。

そしてゲームのもう一人の攻略対象。

ジェレミー・グラリエル殿下である。

「お久しぶりでございます。王太子殿下」

私はカーテシーを披露し、挨拶する。

そう、私と王太子殿下は初対面ではない。カミラ同様、たまにパーティーなどで顔を合わせていた。

ただ、私はすぐ体調が悪くなるから、挨拶以外の会話をしたことはないが。

国王陛下じゃなくてジェレミー殿下がわざわざ話すことって……？

ハラハラしながら話を待っていると、ジェレミー殿下はにこりと笑った。

「そう堅苦しくしないでくれ。なるべく手短に話そう」

安心させるような笑みに、断罪などの用事ではなさそうでほっと息を吐いた。

「最近君の領地の人間が元気になっているそうだね」

「ええ……まあ……」

私のハーブ事業などがうまくいっていることもあり、領民の生活習慣にも変化が起こった。

その結果、身体の調子が良くなったと言う領民が出てきたのは事実だ。

「結論から言うと、我が国の国民を健康にする手助けをしてほしい」

「……え？」

とんでもないお願いをされて、私はポカンと口を開けてしまった。

だが再び「国民を健康にできるよう助けてほしい」と言われて、聞き間違いの線を消されてしまった。

「まさか、ただの一介の貴族令嬢に、国が行う施策に携われと仰っています？」

「そうだ」

はっきりと言いきられ、私は目を見開いて慌てて否定した。

「その新聞は大袈裟に書かれておりまして……」

「だが君の兄はこの新聞を持って自慢していたぞ」

お兄様――――‼　お兄様――――‼

兄バカのせいで大ピンチです！

「それに彼も君には助けられたと言っている」

彼？

私は誰かを助けたことがあるだろうか、と考えながらジェレミー殿下の視線の先を見ると、そこにはニックがいた。

彼はニコッと笑った。

「フィオナ嬢、見てくれ！　この筋肉を！」

彼はさすがにこの場を考えたか服までは脱がなかったが、腕をまくり嬉しそうに二の腕を見せてきた。

「この！　俺の！　輝く筋肉‼」

ムキムキムキムキ！

ニックは自分の筋肉を見せつけるようにポーズをとる。いいよ……見せつけなくていいよ……。

「フィオナ嬢に相談して食生活や運動法を見直したらこんなに素晴らしい筋肉が手に入ったんだ！」

キラキラキラキラ。

輝く笑顔で語られるのは筋肉のことのみである。

彼はあれから私の言ったことを実践して、成果を得ているようだ。

「俺は嬉しかったからジェレミー殿下にご報告したんだ」

言ったって何を？　嫌な予感しかしない。もうさっきこの部屋に入ってから嫌な予感しかしてない。

「フィオナ嬢ならきっとジェレミー殿下の力になってくれるって！」

ニックゥゥゥゥゥゥゥゥゥゥ‼

恩を仇で返すとはまさにこのこと。

そうか、ニックがそう言ったから王族が私を調べて呼び出したのだ。

余計なことを……。

なんだその「俺いいことしたよね？」みたいな顔。よくないよ。私は名誉とか何も求めてない引きこもり志望の虚弱女なんだよ。

「暑くるしいな……」

ジェレミー殿下が小さな声で言った。

ジェレミー殿下もニックのこと暑くるしいと思ってるんだ。

「というわけだ」

どういうわけ？

ポーズをとるニックを見るのがもう嫌になったのか、ジェレミー殿下が私に視線を戻した。

「周りからの評判もある。君には実力があるんだ。ぜひとも力を貸してほしい」

「そうだとも！　君しかいない！」

私をなんとか引き込もうとするジェレミー殿下と、ムキッとポーズをとりながら私に白い歯を見せるニック。

いや本当にニックは黙っててほしい。今ので「実力なんてないです！」と言うタイミングを逃したじゃない！

どうする⁉　どう返そう！　色々考えて頭が痛いし、王族に会うからと着飾った服が重いし、ずっと立ってて足も痛くなってきたし、疲れた！

「一言いいでしょうか」

私が困っていると、ルイスが口を挟んだ。

そうだわ！　ルイスがいたじゃない！　きっとルイスなら王族とのやり取りも慣れてるはずだし、私を救ってくれるはず！

私はルイスに期待を込めた視線を向けた。ルイスは真剣な表情で言った。

「この話が長くなるならフィオナを座らせていただけませんか？」

……？

みんなキョトンとした顔をしてルイスを見る。もちろん私も。

ルイスはそんな全員に淡々と説明した。

「フィオナは身体が弱いんです。今こうして話しているのも大変なはず。これ以上話が長引くなら、椅子を用意していただきたいのです」

みんなキョトン顔から、今度は戸惑った表情に変わった。

「ルイス、この場で座るのは……」

正直とても座りたい。いつ限界が来て倒れるかわからない瀬戸際である。

だけど国王陛下以外は全員立っているし、この場で座るという行為がとてつもなく空気の読めない行動であることは私でもわかる。

しかし、ルイスは首を横に振った。

「大丈夫だ、フィオナ。フィオナの身体が弱いことは、この間のカミラ嬢とのやり取りで社交界には知れ渡っているはずだ。知っているというのに立たせたままなんて、いくら王族と言えどもありえないさ」

ルイスがにっこり微笑んだ。

これは圧だ。王族相手に圧をかけている。

「気付かなくて申し訳なかった。アーロン。椅子を」

「はい」

ジェレミー殿下に指示されたアーロンがサッと私の後ろに椅子を置いた。

「どうぞ、フィオナ嬢」

「あ、ありがとうございます……」

多少の気まずさはありつつも、私は座った。結構体力の限界だったので。

玉座の間で座るなんて落ち着かないけどおかげで楽になった。けど……。

「……」

「……」

何この状況。

嘗て玉座の間で椅子に座る人間がいただろうか。きっといないに違いない。

ルイスは満足そうだが、私や周りは微妙な空気になっている。

とは言え、助かったことは事実だ。あのままだといつ倒れていたかわからない。

「ありがとうルイス」

私は感謝の意を込めてルイスを見ると、ルイスが頷いた。

「婚約者だから当然のことだ」

ルイスが少し自慢げだ。

「これからもフィオナの体調が悪くならないように常に注意を払っていく」

常に……。

それはちょっと重い……。

体調はエリックが見てくれるからもう少し気を抜いてもらいたい。

「……」

「……」

辛かったから椅子に座っちゃったけど気まずいなこれ。

傍から見たらなんだこれと言われる状況間違いなしだ。

「……話の続きだが」

呆然と成り行きを見ていたジェレミー殿下が気を取り直し、話を再開させた。

「君には我々が知らない、人を健康にさせる知恵があるのだろうと予測している。我が国は平均寿命が短く、病気になる者も多い。国民には健やかに過ごしてほしいというのが王室の総意だ。よって、君の知恵を貸してもらって、国民が健康になれるように導きたい」

確かにこの国の健康寿命は現代日本より短い。医療の発達の遅れもあるが、食事環境の影響も大きいことは、今までのことで私も理解している。

「申し訳ないですが、私はあくまで趣味程度の知識しか持ち合わせておらず……」

本当のことだ。健康オタクだったと言っても、栄養士の資格まで持っていたわけではない。足りない部分も多く、この知識で国の政策に携わるなど恐ろしい。

「フィオナ嬢」

丁重にお断りしようとしたが、ジェレミー殿下が首を横に振った。

「この国で食べ物の栄養について意識した人間は君以外いない。つまりこの分野について、君より知識豊富な人間は存在しないんだ」

ジェレミー殿下が私の後ろにいるエリックを見る。

「医者なら多少は心得があるだろうが……」

「残念ながら、医者は医療がメイン……もちろん栄養について指導もしますが、どのように摂取したら効率的かなど、専門的な部分は自信を持って答えることができかねます」

「とのことだ」

ジェレミー殿下がエリックを見たことで少し期待したが、当たり前の返事が来た。

それもそのはずだ。医者というのは医療だけでも知識量が膨大で日々学ばなければならず、栄養知識まで完璧にしろと言われたら過労になる。専門分野は専門の職業が存在したほうが効率がいいのだ。

まあこの国に栄養士いないみたいだけど。だからこそこんな偏った食事をする国になっちゃったんだろうけど。

「ですが、残念ながら本当に……」

「少し知恵を貸してくれるだけでいい。この国で栄養について国民に知らせて健康を維持するにはどうしたらいいか考えてくれないか？」

くれないかと申されましても……。

「新聞だけでなく、実際君の優秀さは聞き及んでいるんだ」

聞き及んでいる……？

「ニックからではなく？」

ニックが私の話をしたのはさっき伺った。しかし、他にも私の話をした人間がいたようで、ジェレミー殿下が口を開いた。

「前ハントン公爵夫人のお墨付きだ」

おばあ様――――!!

私の頭の中のおばあ様が「ふんっ！　せっかく知恵があるんだから、引きこもってないで動きな！」と言っている。いらぬ親切。

今までの積み重ねがあって、こうして国王陛下が直々に手伝いを打診してくる事態になってしまったのか……。

だがそんなことを言われても……。

私の知恵を貸して……国民を健康に……。うーん……。

「今すぐに何か考えてくれというものではない。何か――」

「あ」

「何か案があるのか!?」

考えごとをしていてジェレミー殿下の言葉にも気付かずに、パッとある考えが閃いて思わず声が漏れてしまった。

するとジェレミー殿下が何かを期待するかのように反応した。綺麗な緑色の目に見つめられ、私は思わず顔を赤らめた。

――そう、私はゲームの中ではジェレミー殿下推しだった。

ジェレミー殿下ルートは超王道の下位貴族のヒロインが王太子と恋仲になって成り上がるストーリーだったけど、王族らしくありながらもヒロインを支えるジェレミー殿下が好きだった。

ゲームの中での優しさで言えばルイスが一位だったけど、ジェレミー殿下も充分ヒーローらしい優しさがあった。デレデレに甘やかされるより、ジェレミー殿下ぐらいの包容力が好みだった。あと王族とのシンデレラストーリーが好きだったのもある。

その推しに見つめられ、照れてしまった。

ゲームでもよかったけど、実物のジェレミー殿下、かっこいい。

「フィオナ……？」

ついうっとりとジェレミー殿下を見ていたら、目敏いルイスに見咎められた。

笑顔なのに笑ってない笑みを向けられ、私は必死に出そうになった悲鳴を喉の奥に押しとどめた。

「な、何？　ルイス？」

私はなんてことないように答えたつもりだが、ルイスは表情を変えなかった。

どこか暗い影のある笑みから真顔になったルイスが静かに呟いた。

「フィオナ、まさかジェレミー殿下が好きなのか……？」

「はい……？」

ゲームの中の推しに会えてちょっと心躍ってしまったが、ジェレミー殿下に恋などしていない。

そもそも会話らしい会話をしたことがほとんどないし、彼はカミラがほぼ婚約者に内定しているようなもの。他人のものに手を出すような趣味はないし、そうまでして奪いたいという焦がれるような気持ちも一切なかった。

あくまでゲームでの推しというだけだ。

だが推しだから見ていたと言っても、『推し』がこの世界では通じないだろう。なんと説明しよう。

考えて黙ってしまった私に何を思ったのか、ルイスがゆるりと動いた。

「そうなのか……じゃあ」

そしてジェレミー殿下を見据えて。

「彼を消したらいいかな?」

「待て待て待て待て待て」

ピッと指で首を切る動作までしたルイスをジェレミー殿下が慌てて止める。

「お前、不敬罪とかいうレベルじゃないぞ。落ち着け」

「落ち着いています。不敬罪なんて……俺が国を買い取れば問題ないですよね?」

問題ある。

ジェレミー殿下が頬を引きつらせた。

「実際にできそうなことを言うな。金だけはあるんだから、お前の家は」

「金だけじゃないです。才能もあります。あと……」

ちらりとルイスが私を見た。そして少し頬を赤くする。

「最高の婚約者もいます」

何言ってるの?

照れながら言っているが、最高の婚約者って誰のこと? 私?

そのセリフ相思相愛の婚約者同士でも言わないだろう臭いセリフナンバーワンよ、ルイス。見てみなさいよ、ジェレミー殿下困惑しちゃってるじゃないの。私も困惑しちゃってるわよ。恥ずかしいわよ。気分は目の前で親に子供自慢始められた思春期の子供よ！「私の話今出すのはやめてぇ！」って気持ちでいっぱいよ！

「えーっと……なんだ、仲がいいようでよかったな……？」

何をどう見てそう思えたのだろう。

とにかくルイスの意識を他に移した方がいいと判断して、私は叫ぶようにして先程思いついたことを言った。

「知恵を付けさせたらどうですか⁉」

「ちえ？」

ジェレミー殿下が首を傾げた。

「そもそも食事から栄養を摂るということを知らないという現状が問題なのですから、それを教えたらいいんです。それに、そもそも学がないと、賃金も安く、働ける場所も限られます。そうなると、安い食べ物ばかり食べて、栄養が偏ります」

現代日本でも、貧困層の肥満や生活習慣病は度々問題にされている。身体にいい食べ物より、菓子パンなどのほうが安いし料理をする時間も手間もかからないからと、そうしたものばかり食べる人間も多くいるからだ。

そして、この国の平民には字が書けない人間も多くいる。確か、ヒロインが自分の過去として平民のことを語った時に、そんなことを言っていたはずだ。

「なるほど……だがどうすれば」

ジェレミー殿下が苦悩の表情を浮かべた時、ルイスが口を開いた。

「学校を作ってはいかがですか？」

「学校……？」

「我が国では貴族は家庭教師から学ぶのが主で、平民に至ってはその機会すらありません。他国では平民も学べる学校があります」

ルイスは他国とも貿易をすることがあるから、他国の事情についても詳しいのだろう。

そうか……学校という手があった。

この国で学びを得る方法は家庭教師を雇うことだ。その他の人間は、村とかでちょっと賢い人に教えてもらったりできたらいいほうで、ほとんどの平民は勉強というものをせずに社会に出て生きていく。しかし、当然できる仕事が限られるので、賃金は安い。逆に字が読める人間はそれだけで重宝されるので、賃金は高くなる。

学があるかどうかで、経済格差があるのだ。

しかし、学校さえ通えるようになれば、基礎学力が身につくから仕事の幅も増えて賃金は上がるはずだし、学校で常識として栄養についての教えも入れたら国民の健康問題の解決にもなる。

「コストはかかりますが、長期的に見ると、国民の仕事の幅も広がり、国力も上がります。決して無駄にはならないはずです」

　国王陛下たちが顔を見合わせる。少し時間を置いて、ジェレミー殿下がエリックに話しかけた。

「君はエリックだったな」

「はい」

「君を主治医にできるなど、羨ましい限りだ」

　ジェレミー殿下がエリックを知っていることに私は驚いた。先程この部屋に入ってきた時、主治医として紹介されたし、医者としてさっき声を掛けられていたからそう認識されているのは知っていたけど、今のジェレミー殿下の話し方だと、エリック自身を知っている様子だった。

「エリックを知っているのですか？」

「ああ。実は彼がこの国に来ると聞いて、うちの主治医にしようと思ったのだが、断られてしまったんだ」

「断る!?」

　私はとても驚いてしまった。

　王族の主治医など、名誉なことだ。きっとこの国にいる医者すべてが憧れていることなのに。

　それを断るなんて……。

「なんで断ったの？」

　エリックに訊ねると、彼は綺麗な笑みを浮かべて言った。

「金」

金……。

生々しい回答と、それなら仕方ないね、という現金な前世の私が出てきて、私は何も言えなかった。

「ハントン公爵家に勝てなかったな」

ハハハ、と国王陛下は気分を害した様子もなく明るく言った。

よかった、陛下が朗らかな方で……。

「だから言っただろう？　国より金があると」

ルイスが自慢げに言ってくる。

金持ちなルイスはいったいいくらでエリックを連れてきたのだろうか……恐ろしくて聞けない……。

「話が逸れてしまったな。エリック、君は確か、リビエン帝国の人間だったな？」

ジェレミー殿下がエリックに確認をしている。

「その通りでございます。殿下に知っていただけているとは恐縮です」

「君を本当に主治医にしたかったからな」

ジェレミー殿下は名残惜しそうに言った。エリックに未練があるのだろう。

でもエリックを主治医として差し上げることはできない。ジェレミー殿下が欲しがるほど優秀だと知ったら手放すなんてできないじゃない！

「リビエン帝国の優秀さは知っている。リビエン帝国には平民にも学校があったな」

「はい。皆読み書きや、計算が当たり前のようにできる環境でした」

この世界でもきちんとした国はあるようだ。エリックはこの世界の中でも進んでいる国から来たらしい。

そんなエリックから見たら、この国は祖国より何年も遅れてるように思えるだろうな。

「うむ」

私たちのやりとりを見ていた国王陛下が頷いた。

「よし、学校を作ろう」

国王陛下が宣言した。

呆気なく決定が下されたことに私は驚いた。学校を作るのはお金がかかる。それこそ建物から作るだろうし、教師を集めるお金と彼らへの賃金。教材の手配。学校というのは簡単にできるというものではないのだ。

「すぐに会議をしよう。それからフィオナ嬢」

「は、はい」

国王陛下に名前を呼ばれて背筋を伸ばした。

「君にはこれからも協力してもらいたい。学校事業についても手伝ってくれないか」

「え」

アドバイスで終わりではないのか。私は政治家ではないので、実行することに関してはそちらにすべておまかせしたい。

「わわわわ私はちょっとしたアイデアを口にしただけでしてそういうお役には立てないかと……！」

私がなんとか断ろうと身振り手振りを交えながら答えると、国王陛下はにこりと笑った。

「そんなことはない。現に君の意見は我々には到底出せないものだった。きっとこれから新しい風を吹かせてくれるだろう」

評価が高すぎる。

何が国王陛下の琴線に触れたのかわからないが、どうも国王陛下に気に入られてしまったらしい。

「待ってください」

どうしたらいいのかと困っているところに、助け舟が来た。

ルイスだ。

「どうした、ハントン小公爵」

「フィオナのことですが」

ルイスはまっすぐ国王陛下を見つめて言った。

「フィオナは長時間労働ができません」

………。

ん？

みんなの目が点になってしまったが、ルイスはそのまま止まらず話し続けた。

「フィオナは身体が弱く、長く働けません。一日何度も休憩が必要です。二時間働いたら一時間はゆっくり休ませてあげないと倒れます」

いつの間にか私の身体の状態を把握しているルイスが私の病弱さを国王陛下にマシンガンのように語り出した。

「さらに働いた次の日は動けなくなりますし、立ち仕事や長時間歩くことがあると筋肉痛で寝込みます。それから」

「わ、わかったわかった！」

長々と説明するルイスを慌てて国王陛下が遮った。

「フィオナ嬢が病弱だという噂は本当のようだな」

「はい。常人の十分の一ほどの体力だと思ってください」

「そんなに……」

ちょっと国王陛下に哀れみの視線を向けられた。

そこまで同情してくれるなら、面倒なこと頼まないでくれないかな……。

「わかった」

国王陛下がルイスの言葉を聞いて頷いた。

「一日二時間労働とし、無理をさせないことを約束する。どうだ？」

どうだじゃない。

私はこの話自体なかったことにしてほしいのに、国王陛下は何がなんでも私を取り込みたいらしい。

「そういうことではありません」

ルイスが再び国王陛下に突っかかった。

「そもそも身体が弱いフィオナが外出など以ての外、彼女には家でのんびりしてもらいます」

「フィオナ嬢の身体が弱いことは理解した。だがどのみち公爵夫人になったら外に出なければいけないんだぞ。家にずっといるなど不可能だし、慣れるためにもこの仕事を受けて――」

「出しません」

ルイスがキッパリ言った。

「結婚後も家にいてもらいます」

え……え⁉

「フィオナが公爵夫人として外に出なくても何とかなるように、俺がその倍働きますから問題ありません。家にいてもらいます」

ええー⁉

何、待って、結婚後の計画立てられてる⁉

しかものんびり家で過ごすことになってる⁉

いや、助かるんだけど！　楽だけど！

「フィオナが快適に暮らせるように寝具や家具も最高のものにし、着る衣類も肌触りのいいものを中心にし、屋敷の庭もフィオナ好みに整えます。俺との共同経営なども屋敷でやれることをやれるようにし、家で過ごせるようにします。フィオナに負担をかけないように暮らしていくのでご心配なく」

やだ、すごく快適そう……。

ルイスの考える暮らしを思い描いて、私は思わず「そうします」と返事しそうになって、慌てて首を横に振った。

うっかりちょっと心惹かれてしまったが、私の未来計画にはルイスとの婚約破棄があるのだ。

そもそもヒロインが現れたらルイスはそっちにいくはず……。

ズキン、と一瞬胸が痛くなった気がした。なんだろう、身体は弱いけどまさかついに心臓に何かあったり……!?

しかし痛みはすぐに消えてしまったので私は首を傾げた。

「そもそもただの令嬢に手伝わせようというのが――」

「だが彼女の発想は我々にはないもので――」

いけない、私が一瞬意識をよそに向けている間に、国王陛下とルイスが言い争いをしている。

「ですからそれが――」

「これは我々とフィオナ嬢の――」

言い合いがどんどんヒートアップしている。このままでは収拾が付かなくなってしまう。

二人をどうしようかとオロオロしていたら、二人は急に言い合いをやめて、ハアハアと荒い息を吐いた。

「いいでしょう」

「ああ」

なにやら同じ結論に達したらしい二人が、バッと私を振り返った。

「「君はどうしたい⁉」」

「え……」

突然二人から意見を求められ、私は返答に窮する。

先程断ろうとしたが、下手な理由では国王陛下は納得してくれない。納得しないままこの場を辞しても、親に話がいって、結局やることになるだろう。ルイスにおんぶにだっこで逃げ出しても、ルイスに負担を強いることになる。

熟考した結果、私は手を挙げた。

私の出した結論は——。

「手当をいただきたいのですが」

労働に対する対価をもらうことだった。

✦✧✦ ✦✧✦

結局引き受けることになってしまった。

ガタンゴトンと多少揺れながらも、さすが天下のハントン公爵家の馬車、最高の乗り心地である。

国王陛下との謁見も終えて、今は家に帰るところだ。

「まあ高額な手当を約束してもらったし」

労働に金が発生しないなどありえない。

だがそのありえないがありえるのがこの世界なのだ。

なにせ貴族中心社会。貴族のご令嬢は仕事をすることはない。孤児院への慰問などをすることはあるが、それはボランティア活動。その家はそうした行動をする慈悲深い家なんですよというアピールに繋がる、家のための行動だ。

よって、今回のことも何も言わなければ金が発生しないと睨んだ。

事実、手当を主張した私に、国王陛下はまったくそのことを考えていなかったようで面食らっていた。

「これはボランティアの域を超えたものであり、立派な労働です。それこそ家長が行うべきレベルの責任のある重労働になります。なので私自身への賃金を約束していただきたいのです」

私の言葉に、国王陛下がハッとした様子で頷いた。

「そうだな。その通りだ。しっかり払うことを約束しよう」

当然の主張をして、私の望み通り、いや、それ以上の金額を約束してくれた。

これで万が一私の追放ルートになっても、一人で生きていけるはず……！

いや、病弱な身体をなんとかしないとやっぱり厳しいかな……。

「フィオナ、本当によかったのか？」

私の前に座るルイスが心配そうにこちらを見る。

「うん、お金はもらえるし」

「だが、身体の負担になるだろう？」

「無理しなくていいとも約束してもらえたし」

「ストレスがかかるだけで病気になることもあるんだろう？」

「なるけど……なんでそんなこと知ってるの？」

さっきから思っていたけどルイスなんかちょっと私の身体について詳しくなってる？

あ……！

私はルイスの隣にいるエリックに視線を向けた。

「報告してるよ、そりゃ」

エリックがケロリと言った。

「雇い主はこの人だもん。報告するように言われてるし、言うよそりゃ」

「個人情報！」

「何それ」

うあああああ！　元の世界との危機管理意識の違い！

「いいわ……せっかく意識改革できる環境が整ったんだから、その辺りもきちんと盛り込んでやる……」

個人情報保護してやる……。

「フィオナが無理をしないように、必ず俺もついていくから」

「え？　でもルイスは忙しいでしょう？」

公爵家の跡取りとしてやることがたくさんあるはずだ。

「問題ない」

「いやでも」

「問題ない」

「はい……」

ルイスからの圧を感じて私はそれ以上何も言えなかった。

✦✧✦　　✦✧✦

一ヶ月後。私は王城のある一室に来ていた。

「よしっ！」

私は手にした自作の資料たちを手に、気合いを入れていた。

今日は学校事業についての話し合いをする日だ。

「何度も一緒に確認したから、大丈夫だ」

緊張している私に、ルイスが優しく声をかける。

「そうだよ。天才の僕も見たんだから大丈夫だよ」

エリックも付いてきている。

「そ、そうよね。大丈夫よね」

不安は消えないが、私は勇気を出して扉を開けた。

「スチル～～！」と叫ばなかった自分を褒めたかった。

部屋の中には三人の人物がいた。私はその三人を全員知っている。

「突然呼び出してすまないな。フィオナ嬢」

三人のうちの一人が私に話しかけてくる。彼とは国王陛下に会った際も話したことがある。

金色の長髪に、緑の瞳。王族らしい神々しさ。

ジェレミー王太子殿下だ。

「フィオナ嬢、よく来てくれた」

ジェレミー殿下が立ち上がって出迎えてくれた。身分が高い方だから、座ったままでいいのに優しい。

やはり私の推し、できる！

「フィオナ……？」

ついジェレミー殿下をにやけた顔で見てしまったら、ルイスがこちらに鋭い視線を向けた。

はっ！　しまった！　仕事に来たのよ私は！

コホン、と咳をして「先日ぶりでございます」と挨拶をする。

「ああ。先日はいきなりですまなかった。話を受け入れてくれて感謝する」

「いえ、こちらこそ」

手当はたっぷりもらえるので。

なぜこうしてジェレミー殿下と会っているかというと、彼がこの事業の責任者だからだ。国王陛下はこの事業で彼に王族として手柄を上げてほしいようだった。

確かに成功したらジェレミー殿下に箔が付くのは間違いない。

ジェレミー殿下に案内されて、私は部屋に入った。この部屋はジェレミー殿下の執務室らしく、殿下が執務を行う机以外に、来客用なのか、ソファーとテーブルがあった。すでに部屋にいたジェレミー殿下以外の二人はソファーに座っている。ジェレミー殿下に促されて私たちは対面しているソファーに座った。

ジェレミー殿下は私の横にいるルイスに声をかけた。

「ルイスも来たんだな」

「婚約者が呼ばれたのだから付き添うのは当然でしょう」

「以前のお前だったら来なかっただろう」

「もうあの頃とは関係性が違います」

「ほう……」

ジェレミー殿下が面白そうに笑みを深めた。

「どれ、詳しく……」

「ジェレミー殿下」

ジェレミー殿下の声を遮ったのは部屋にいたもう一人の人物だ。

さらりとした青色の髪を後ろに束ね、薄紫色の瞳をした、メガネをかけた人物。知的さが外見からもわかる彼は、メガネを手でクイッと押し上げた。

サディアス・ベレンティー。

宰相の息子で、ジェレミー殿下の右腕であり——そして攻略対象の一人である。

ちなみに前回の国王陛下との話し合いの時もいた。一言も話していなかったけれど。

「雑談は先に仕事の話を終えてからにしましょう。時間は限られているのですから」

「それもそうだな」

そう、時間は限られている。何せ私が病弱だから。

サディアスに諭されて、ジェレミー殿下は素直に聞き入れた。この素直さもジェレミー殿下のいいところよね！

「それで、どのように学校運営をするか、考えてきてくれたのか？」

「はい。こちらの資料をご覧ください」

私は手にした資料をみんなに配った。

「まず試験的に運営する学校を作るべきです」

「試験的？」

私は頷いた。

「いきなりあちこちに一度に学校を作ってやっても上手くいかないことが多いと思います。国民の中でも、本当にこれが必要かわからない人から見たら税金の無駄遣いに思われるだろうし、問題点もわからないまま学校運営を開始してしまったらトラブルばかりになってしまって、各学校への対処が追いつかないでしょう」

だから、と私は言葉を続けた。

「一箇所でまずやってみて、その結果を踏まえて改善点などを探していき、また国民にも学校というものを周知させるのです」

学校というものを知らなければ、まず通おうとは思わない。平民にとって子供も労働者の一人として数えられる。そんな貴重な働き手を学校というよくわからないところに入れたら、その分家庭の稼ぎが減る。当然反発が起きるはずだ。

だからまず子供を学校に通わせたほうが得だということを国民に教えなければいけない。

「以前この近辺にあった学校の跡地を見つけたので、そこを再利用したら一から建てるより安く済ませられます」

資料を見ながらみんな感心したように口から息を吐き出した。

「確かにこれなら当初の予定より早く取りかかれるな」

「あなたにこんな知恵があったとはな……」

サディアスが私を少し小馬鹿にしたような発言をした。

「それはどういう意味だ？」

「そのままの意味です」

私は気にしてなかったのにルイスが聞き捨てならなかったらしい。

いがみ合ってしまった二人を慌てて止めるように私は次の議論に移った。

「あとは、教材作りをどうするかですね」

これも中々難しい。一般教養というものを卒業までに身につけられるように計算して作らなければならない。その上個人的な主観が入らないようにしないといけない。

「そのことだが……」

ジェレミー殿下が私を見た。

「君に栄養についての教材作りを願いできるかな？」

「え……」

私が教材作り……？　何の？　栄養の？

「む、む、む、無理です！」

私は慌てて拒絶した。当たり前だ。私の健康知識はあくまで趣味だ。本格的に学んだものでもないのに、そんな責任重大なことはできない。

「だが、君以外に適任がいない」

しかし、私の拒絶はバッサリ切り捨てられてしまった。

「健康のことなどあまり意識せずに生きてきた人間がほとんどの国なんだ。君は健康について知恵を付ければいいと言ったが、その知恵を教えられる人間がいない」

確かに栄養の専門家など、この国にいるとは思えない。

思えないが、だからといって素人レベルである私がやってしまっていいのだろうか。

「難しいことまで教えなくてもいい。君の思う必要最低限の知識を教えてくれればいいんだ」

義務教育レベルぐらいということだろうか？

小中学校の家庭科レベルなら私でもいけるかも……。

真剣な表情で頼み込むジェレミー殿下を見て、私は覚悟を決めた。

「わかりました！　やります！」

「ありがとう、フィオナ嬢！」

私が健康について知識をつけたほうがいいと言ったのだ。乗りかかった船だ。やってみよう。

「それからエリック。君も手伝ってくれないか？」

「僕も？」

「君の国の知恵を貸してほしい。君もこの国は遅れていると思うだろう？」

ジェレミー殿下の言葉に、エリックは少しだけ考えた。

「ああ、敬語もなしでいい。君は敬語を使わないほうが会話が弾むほうだろう？」

ジェレミー殿下の言葉に、エリックはゆっくりと口を開いた。

「……この国だけでなくて、どの国もリビエン帝国に比べたら遅れてるよ。あの国はこの世界でも異例だからね」

そうなんだ。頭一つ抜き出た先進国というところなのだろうか。

「少しでいいからその知識をわけてくれないか？」

「……」

エリックは少し逡巡（しゅんじゅん）した。

「今の僕の仕事のメインはフィオナ嬢の主治医だ。……だから、それに支障が出ないなら、いいよ」

「ああ！　もちろんだ！」

「それと」

エリックが手を差し出した。

「金ね」

「……わかった」

エリック……しっかりしてるわ……。

「剣術などは」

「俺！」

難しい話だと思ったのか、口を挟まずに部屋にいながら窓の外を見ていたニックが手を挙げた。そう、部屋にいた三人の内の最後の一人だ。

「剣術はもちろん俺がやる！」

「適任だな」

揉めることなくニックに決定した。

ニック……色々言ってやりたいことはあるけど、あとでまとめて言ってあげるから待っててよね。国王陛下に私の話をしたことまだ許してないからね。

私の視線を感じたのか、ニックがゾクリと背筋を震わせた。

「あと残りは……」

「私がやります」

サディアスが手を挙げた。

「だが量が多いぞ」

「私は勉学には自信がありますし、問題ありません」

サディアスが私に視線を向けた。

「フィオナ嬢より良い教材を作ってみせます」

……ん？

要所要所で気になる言い方をする。だが、今のはきっと気のせいではないだろう。

サディアスは私に対抗意識を持っている。らしい。

なんでだかわからないが、今睨まれていることから間違いない。

なんでだ。今まで彼と絡むことなどなかったのに。

「必ず彼女よりいいものを作ってみます」

燃えるサディアスにジェレミー殿下は気付く様子もなく「そうか、頑張ってくれな」と答えた。

……そういえば、ジェレミー殿下はちょっと鈍感なキャラだった気がする。察しがよく、先回りしてヒロインを溺愛するルイスと違い、すれ違ったりするハラハラドキドキ感を楽しむのがジェレミー殿下の攻略ルートだった。

これは、ちょっと面倒くさいかも。

そう思う私を尻目に、ニックは「腕立て二千回させて、走り込みも必要だ！」とサディアスとは別の意味で燃えてしまって、これをどう止めるかを私は考えていた。

「え⁉　ダメなのか⁉」

とりあえずニックを我が家に招待して冷静になるように諭した。

「ええ……何もみんな騎士になろうとしているわけではないから、そんな腕立て二千回なんてさせちゃダメよ。疲れて他の授業に身が入らなくなるでしょう？」

「えー、そうか？　二千回ぐらい簡単じゃないか？」

「即退学希望者が続出すると思うわよ」

「え……そんなに……？　本当に？」

私の言葉が本当かどうか確かめるために、ニックがルイスとエリックのほうを見ると、二人とも深く頷いた。

「俺ならお前の授業は毎回仮病を使う」

「僕も」

「嘘、本当にそうなんだ……」

ニックが少しショックを受けていた。

私はそんな彼の肩をポンと叩く。

「大丈夫よ。平均的な運動メニューとかも教えてあげるから」

「フィオナ嬢」

ニックが感動したようにこちらを見る。

「だから筋肉オタクの自分が正しいなんて思っちゃダメよ。絶対」

「あ、はい」

にこりとしながら目は笑わずに言ったら、ニックは静かに頷いた。

「あと、国王陛下に私のことを言ったことだけど」

「えっへへ！　偉いだろ！」

ニックが胸を張る。

「フィオナ嬢がどんなにすごく俺の筋肉を作り出してくれたのか、それはもう細かく説明したんだ！　フィオナ嬢の世間での評価もこれで上がるだろ？」

バチン！　とニックがウィンクしたが、こんなに憎らしいウィンクは生まれて初めてだ。

「誰がそんなこと頼んだのよ誰が」

「え？　……ダメだった？」

私の様子に気付いたニックが少し身体を縮こませた。しかし筋肉があるからこれでも存在感がありすぎる。もっと申し訳なさそうにしなさいよね、この筋肉！

「お前のせいで身体の弱いフィオナが重労働することになったじゃないか。人の迷惑を考えられないのか」

ルイスの言葉がニックに突き刺さったようで、ニックは「ううう……」と呻(うめ)いた。

「すみません。何も考えてませんでした……」

「人の話は勝手にしない。それを今後は頭に入れて」

「はい……」

しょんぼりするニックに、ちょっと言い過ぎたかと思い、私はアンネを手の動きで呼んだ。

アンネが箱を持ってやってくる。

「それは……？」

アンネがパカリと箱を開けた。

箱の中身を見た瞬間、ニックは瞳を輝かせた。

「こ、これは……！」

「フィオナ様お手製、握力増強器具です」

そこには前世でよく見た、ハンドグリップがあった。

「これで握力を⁉」

しかし、この世界には存在しない。

前世の知識で作ったのだ。

難しいものは無理だが、ハンドグリップは仕組みがシンプルだったから作れたのだ。

私はハンドグリップを手に取った。

「こうして握るの。……私は握力なさすぎて動かないけどあなたなら――」

「うわ――‼　なんか指の筋肉使っていることがわかるぞ――‼」

全部を言い切る前にニックに奪われた。

彼用にちょっと固く作ってあるハンドグリップは、彼の手にぴったりだったようだ。

「すごい‼　これは素晴らしい‼」

「帰って家でやってね」

暑苦しいから、という言葉は飲み込んだ。

「わかった！　ありがとうフィオナ嬢！」

ニックはさっきの落ち込みはなんだったのかと言いたくなるほど爽やかに去っていった。たぶんだけど、さっき叱られたことはもう忘れてる。

「フィオナ、大丈夫か？」

ルイスが私を気にかけてくれた。

「今日は長い時間出かけていたし、心労も溜まっただろう？　最後は筋肉ダルマに説教したし」

確かに疲れた。でも最近歩く時間も増えたからか、初めの頃よりは辛くない。

早くこの病弱な身体が並の人間のようにならないかなぁ。

「ありがとう、ルイス。今日は早めに休むわね」

にこりと笑うと、ルイスが顔を少し赤らめた。

「ああ。ちゃんと休んで、無理はしないようにするんだ」

「うん」

初めの頃は私に対して失礼な態度だったのに、今はこうして気遣ってくれるようになった。

それがちょっと嬉しい。

「あ、そうだ。ちょっと調べ物を……」

教材作りをしなければいけないから、色々調べなければ。

そう思って移動しようとした私を、手を引いてルイスが引き止めた。

「ルイス？」

ルイスは眉間にしわを寄せて私を見ている。何か怒らせるようなことしたかな？

そう思った時、私の身体がふわりと浮いた。

私はルイスに抱き上げられていた。

「ル、ルイス⁉」

驚きと、抱き上げられた恥ずかしさで顔を真っ赤にする。

「お、下ろして」

私の言葉を無視してルイスはスタスタと歩く。そしてベッドまで行くと、私を優しく下ろした。

ルイスはそのままコツン、と私の額に自分の額を当てた。

「ほら、熱が出てるぞ」

「え……気付かなかった」

確かに今日はちょっと頑張りすぎた。疲れによって気付かぬうちに熱が出たのだろう。

「でも微熱はいつものことだし」

「ダメだ。今日はもう休むこと」

「でも仕事……」

「仕事は無理してするものじゃない」

ルイスに言われてハッとする。そうだ、仕事は身体を酷使してまでやるものじゃない。

前世の社畜根性が染み付いてしまっていたみたいだ。

「そうね。休むことにする」

「ああ。俺も今日はもう帰るから、ゆっくり寝るんだぞ」

ルイスに髪をくしゃりと撫でられる。温かな体温が感じられて少しうっとりしてしまった。

ルイスはすっと手を離すと、そのまま部屋を出ていこうとした。

「あ、ルイス」

ルイスが部屋を出ていく直前に声をかけた。ルイスが振り返る。

「どうした？」

「その……」

ちょっと恥ずかしくなってブランケットで口を隠しながら私は言った。

「ありがとう」

ルイスはにこりと微笑んだ。

「どういたしまして」

そして部屋を出ていった。

「……」

ルイスのいなくなった部屋で、私は赤くなった顔を覆ってジタバタした。

しかし、すぐに疲れて止めて、その疲れから眠気がやってきてウトウトする。

やることはいっぱいあるけど、無理しないようにしてやろう。

「ルイス、優しかったな……」

先ほどのことを思い出しながら、私は眠りについた。


「で、僕たちはいつ動いていいわけ？」

「しっ！　お嬢様が爆睡するまでです」

空気に擬態したエリックとアンネがそんな話をしているとは知らずに。

第七章　学校事業

「よしっ！」

私は教材の出来に満足した。

あれから早数ヶ月。自分の前世の記憶と、こちらにある数少ない他国の栄養に関する本を参考にしながら、なるべく初心者にもわかりやすいように作った。

ちょうど学校の改装が終わったと報告があったから、学校の確認と同時に教材の確認をしてもらうことになった。

私は馬車に乗りながらソワソワしていた。

「忘れ物はないか？」

当然のように付いてきたルイスが、私に訊ねる。

「うん、大丈夫」

エリックも自分で作った教材を手にしながら、「僕には聞いてくれないんだね」とこちらをからかうように言った。

「当たり前だ。自分のことは自分でどうにかしろ」

「この差だよ。自分でどうにかするからいいけど」

エリックはルイスをからかいたかっただけで、彼の反応を特に気にした様子もなく、教材をカバンにしまった。

「ねえ、聞きたかったんだけど」

中々タイミングがなくて聞けなかったけど、初対面の頃より仲良くなったし、今なら聞けるかも。

「エリックってどうして国を出たの？　医者を目指したのはどうして？」

エリックは私の質問に一瞬固まったが、しかし意外とスラスラ答えてくれた。

「医者を目指したのは——」

エリックが馬車の窓から外を見る。

「——父が、僕が二歳ぐらいの時に、僕のIQが高いことに気づいてね。父は昔医者だったらしい。僕なら自分の医学の知識を学ばせられると思って僕に全部叩き込んだんだ」

エリックはお父さんのことを思い出しているのか、どこか懐かしそうだ。

「僕はどんどん父の知識を吸収して、世界に二人といない優秀な医者になった。そして父は——」

エリックが言葉を止めた。

「まあ色々あって……父にはもう会えなくなって、その後国を出たんだ」

「そうなの……」

私はどう反応したものか、ちょっと悩みながらも口にした。

「答え辛いこと聞いてごめんね。お父様もきっと天国から見守ってるわ」

「待って、生きてるから」

今の話の流れでてっきりエリックの父は死んだのかと思ったら、違ったらしい。

「あ、そうなの？　ごめんなさい、早とちりを」

「縁起でもないこと言わないでよね」

エリックがフンッと鼻を鳴らした。

「……父が死ぬことはないんだ。あそこにいる限りはね」

エリックの言葉は馬車の音にかき消されて、私には届かなかった。

✦✧✦ ✦✧✦

「わあー！　すごい！」

古びた校舎は、新しく生まれ変わっていた。

誰だって学ぶなら綺麗なほうがいい。これなら子供たちも安心して勉強できる環境だろう。

「どうだろうか」

「とてもいいと思います！」

ジェレミー殿下に訊ねられて、私は答えた。

「でも君に言われた遊具がまだ出来てないんだ。職人にイマイチ上手く伝わらないみたいで」

「今度、絵にして持っていきますね」

「助かる」

ジェレミー殿下が嬉しそうにする。

「勉強だけをするのではなく、休み時間に遊べるようにするなんて、フィオナ嬢はよく思いつくな」

「子供たちが息抜きできる環境のほうが、学ぶには適しているんですよ」

勉強だけだとストレスも溜まってしまうし、コミュニケーションスキルを磨くためにも、校庭と遊具はあったほうがいいと進言したのだ。

「また一つ学べたよ。ありがとうフィオナ嬢」

ふわりと笑うジェレミー殿下。王太子とは思えぬその素直さ！　推せる！

「いえ、こちらこそこのような機会をくださりありがとうございます」

面倒だと思っていた学校事業。やってみると思いのほか楽しかった。私は遠慮なく前世の知識を提供できるし、健康知識について改めて学ぶ機会をもらえた。お金をもらって仕方なく仕事として引き受けたけど、あの時頑なに断らなくて正解だった。

「俺はこれから他の仕事に行かなければいけないから、あとはサディアスに任せていいかな？」

ジェレミー殿下がサディアスに確認する。

「もちろんでございます」

「じゃあ頼む。フィオナ嬢、あとの細かいところの確認はサディアスと行ってもらうけどいいか？」

「はい」

私に対していい感情がないらしいサディアスと一緒なのは本当は嫌だが、仕方ない。

「俺も一緒だから大丈夫だ」

ルイスが私を安心させるように言ったが、すかさずジェレミー殿下が反応した。

「何言ってるんだルイス。今回の会合は、ハントン公爵家の跡取りであるお前も参加することになってただろ」

「……」

ルイスが忌々しそうにジェレミー殿下を見た。

「俺は欠席します」

「できるか！　駄々こねないで行くぞ！」

「俺はフィオナと一緒にいます」

「しつこい！」

ジェレミー殿下に引きずられて、ルイスが渋々ながら退室した。

「エリックから離れないようにするんだぞ！　フィオナ！」

「はいはい」

「はいは一回だ！」

「はーい」

まるでお母さんのようなことを言いながら、ルイスは去った。

残ったのは、私とエリックとサディアスだ。

「……では案内します」

サディアスは不本意なことを隠さずに、無愛想に私を案内した。

「――これで全部です」

私への配慮のない案内は過酷だった。

普通の人ならそうではないだろうが、病弱な私には過酷だった。サディアスはルイスと違ってこちらのペースに合わせてくれないし、階段なども頻繁に上り下りする道を選んだ。途中エリックが休むようにサディアスに頼んでくれたが、サディアスは受け入れてくれなかった。

「あ、ありがとう」

ハアハア荒い息を吐きながら私は一応感謝を述べた。

そんな私に、サディアスが言った。

「白々しい」

「え？」

白々しい？

私が戸惑いながらサディアスを見ると、彼は私を睨みつけていた。

「病弱なフリをするのはやめたらどうです？　あなたが悪女だったことはみんな知っています」

私は突然のことに反応を返せなかった。

「国王陛下やジェレミー殿下にまで取り入るとは……何を企んでいるんです？　悪いですが、私がいるからには、あなたの勝手になどさせませんせん」

ああ、そうか。

私は今までのサディアスの行動に納得がいった。

彼は私の悪評を信じているのだ。

いくら私が病弱だったからだと主張しても、それを全員が信じて受け入れてくれるわけではない。それに、以前の私の態度が良くなかったことも事実である。

私を受け入れられない人がいるのも無理はない。

そうだ、そのはずなのだ。その考えに至るまで時間がかかってしまった。

最近みんなが受け入れてくれていたから、どうやら思想がちょっと花畑になってしまったみたいだ。

「何も企んでなどいないわ」

私は静かに否定する。

私を受け入れろとは言わないが、ありもしないことを疑われるのは困る。

私は一応反論した。

「病弱なのは嘘ではないし、国王陛下たちは、私の事業がたまたま目に付いただけ。取り入ろうなんて思っていないわ」

私が否定しても、サディアスの耳には届かなかったようだ。

「あなたの言い訳などどうでもいいのです。これからも私はあなたの行動に目を光らせるので」

「あのね、あんたのそれは偏見って言うんだよ」

エリックも反論してくれた。

「この目の前にいる辛そうな女性が目に入らないの？　これが演技だとでも？　目が節穴すぎない？　そのメガネ見えてる？」

「失礼な子供ですね」

「どうも。その子供はこの国の国王陛下にも認められているんだよ」

見えない稲妻が走っているようだ。

二人はバチバチとやり合い、私は慌ててその間に入った。

「案内ありがとう！　今日はもう帰ることにするわ。エリック、行きましょう」

私がエリックを連れて踵を返そうとした、その時、「どうして」という小さな声が聞こえた。

「どうして——何の努力もしてないあなたが受け入れられるんです」

その言葉で、私は一気にサディアスルートを思い出した。

✦✧✦　✦✧✦

サディアス・ベレンティー。

彼はゲームの攻略対象で、この国の宰相の息子である。

幼い頃から跡取りとして育てられたが、彼はとても平凡な子供だった。一から十をあっさりできるようになるタイプではなく、日々ひたすら努力してそれができるようになるタイプだった。

しかし彼とは違い天才肌の父親は、彼が努力をしないと簡単なことも覚えられないと判断した。そして彼を寄宿学校に入れてしまうのだ。寄宿学校は家庭教師で満足できない貴族が、子供をさらに厳しく教育する施設である。

父親から認められなかった悔しさをバネに、彼は父を超える当主になると努力を重ね、ついに誰もが認める優秀な、次期宰相候補となる。

しかし、父からの扱いと幼い頃の経験から、人を信じられない男になる。

そんなある日、父の友人から娘の勉強を見てほしいと言われる。サディアスは父の頼みを断れず、受け入れる。

その相手がヒロインなのだ。

ヒロインと接するうちに、人を信じる気持ちを取り戻し、父が自分を嫌って寄宿学校に入れたのではなく、心配して入れたのだと納得する。

ヒロインの優しさで、サディアスは、ずっと否定してきた自分自身を受け入れることができるのだった。

そうだ。サディアスは努力して今の地位に就いたのよ。

私はベッドに横たわりながら考えていた。

――彼の育ちからしたら、私はズルをしてみんなに認められた女として見えちゃうわね。

ずっと努力をして、ようやく認められたサディアス。

片や、ひょっこり事業をやったら国王陛下の目に留まり、重要な国の政策を任された私。

「どう考えてもいい気はしないわよね」

私は手で目を覆ってはぁ～と深いため息を吐いた。

「なるべく相手を刺激しないようにしよう」

私はそう決意した。

一人を気にしていたら別の一人が来た。
「ジェレミー殿下と最近何かをしているそうですね」
さすが未来の王太子妃と言われるお方。優雅な仕草でお茶を飲みながらも、隙は見せない。

カミラ・ボルフィレ。

ジェレミー殿下の婚約者候補筆頭であり、彼のルートの悪役令嬢。

カミラは悪役令嬢でありながら、最後まで高貴さを失わなかった。

そこがフィオナとは違って好きだったな、と思いながら、私はカミラに答えた。

「あの、確かにちょっと国の事業を手伝ってはいますが、ジェレミー殿下だけでなく、ルイスやサディアス様も一緒で……」

なぜ私が浮気の言い訳のようなことを言わなければいけないのか、と思いながら、まだ何をしているか公表はしていないから、私から学校を作っています、と言う訳にはいかないので誤魔化した。

「そうですか」

二人きりではないとわかったからか、カミラがほっと息を吐いた。

「わたくしの友人の一人が、あなたとジェレミー殿下が仲良くしているのを見たと言うので、一応確認に来させていただきました」

「ふ、二人だけで話したことは一回もないですよ！　いつもルイスか主治医が一緒にいるので」

友人、と聞いて、カミラにくっついていた三人を思い出した。きっとあの中の一人だろう。余計なことを。

「安心しました。わたくしも最近ジェレミー殿下に会っていないものですから少しだけ気になっただけです……ああ、でも」

カミラが小声で言った。

「わたくしにそんなことを思う資格ないですわね」

「え？」

どういうことだろうか。

「わたくしとジェレミー殿下は、まだ婚約しておりません。ジェレミー殿下が恋人を作ろうがわたくしは関係ないということです」

「こ、恋人⁉」

私は慌てて否定した。

「私には婚約者がいますし、違いますからね！」

「あなたの様子を見て、そんなことはないとすぐにわかりました」

「よかった……」

カミラに変な誤解を与えてなくて胸を撫で下ろした。

カミラは本人が言った通り、婚約者ではなく、婚約者候補の筆頭だ。

ジェレミー殿下はまだ正式にカミラと婚約していない。ただ、ほぼカミラで決まりだろうという流れが出来ている。

でも、もしかしたらカミラはそれが不安なのかもしれない。

「今の話だと、これからもジェレミー殿下に会う機会があるのですね？」

「あ、そ、そうですけどそれは仕事で！」

「必死にならなくてもわかっております」

「あ……はい」

もう私とジェレミー殿下を疑ってはいないようだ。

カミラは懐から何かを取り出すと、それを私に差し出した。

それは鷲が刺繍されたハンカチだった。

鷲は王家の紋章にも使われている、この国を表す鳥だ。

「これは？」

「ジェレミー殿下に渡していただけないかしら？」

「私が、ですか？」

カミラが頷いた。

「今お忙しそうだから……身体を壊さないように、お守りとして刺繍したのです。ただ、これを渡すためだけに忙しいところを呼び出すのも申し訳ないでしょう？　だから、次に会った時に渡してもらえるかしら」

「わかりました」

カミラは公爵令嬢だ。さらにジェレミー殿下の筆頭婚約者候補である。その彼女が会いたいと言えば、きっとジェレミー殿下は会ってくれる。でも彼女はそれを選ばない。

カミラは思慮深い人間だと、今の短いやり取りでよくわかった。

「必ずお渡しします」

「ありがとう。では」

カミラは用が終わったのか、カップをテーブルに戻し、立ち上がった。そして扉から出ていこうとしたその時、こちらを振り返った。

「あなたとは友好な仲でありたいものですわ」

彼女は私を見てそっと目を細めた。

「気の迷いを起こしませんように」

そう言って、彼女は部屋を出ていった。扉がバタン、と閉まる音が大きく響いた。

あれは「ジェレミー殿下に手を出したら敵と認めます」ってことよね!? こわっ!

——こっっっっっわ!

カミラを敵に回す恐怖から、私は絶対ジェレミー殿下と二人で会わないと決めた。

✦✧✦ ✦✧✦

今日は学校でジェレミー殿下に教材のチェックをしてもらっている。

「わかりやすくていいと思う」

何度目かのやり直しで、ようやくジェレミー殿下から教材のお墨付きが出た。私は心の中でガッツポーズをした。

やった! やっと!

ついつい私が現代日本の人が知っていることを省略してしまったりして、あれこれやり直したけど、ついにその日々も終わる。

「これなら子供にもわかりやすく、栄養を気にしようという気になるよ」

「本当ですか⁉　よかった」

子供が読んでもわかりやすいように、イラストを入れてみたり、わかりにくそうな部分はさらに細かく説明してみたりしてよかった。

「料理のやり方が載ってるのもいい。作ろうという気になる」

「実際作れないと意味ないですからね」

現代日本の家庭科を目指して教材を作った。だから栄養についてだけでなく、料理の仕方や実習も内容に含まれている。子供たちが楽しんで学んでくれるといいな。

「あ、あと、思ったんですけど……」

「なんだ？」

「大人用の学校も作りませんか？」

ジェレミー殿下が目を瞬いた。

「それは……考えてなかったな。でも、大人が学校に通うとなると、仕事があると難しいだろう？」

「夜間学校はどうでしょうか？」

私は現代日本の夜間学校を思い出していた。私は実際に通ったことはないが、友人は日中働いて、夜に学校に通っていた。

「夜なら働いている方も通えるでしょう。この国は夜遅くまで働いている職は少ないですから。子供だけでなく、大人の識字率も上げられていいと思うんです」

「名案だ！」

ジェレミー殿下は興奮していた。

「早速陛下に進言してみるよ！　ありがとう、フィオナ嬢」

「あ、待ってください！」

去っていこうとするジェレミー殿下を、私は慌てて引き止めた。そしてカバンからカミラから預かったハンカチを取り出した。

「これは？」

「カミラ様から預かりました。ここ最近、ジェレミー殿下が忙しいから、お守り代わりにと」

ジェレミー殿下はそれを受け取ると、じっと眺めた。

そして懐に仕舞う。

「ありがとう。カミラにはまたこちらからお礼を言っておく」

「はい」

ジェレミー殿下は今度こそ部屋を出ていった。

「喜んでるのか嫌がってるのかわからなかったわね……」

「ああ、あれは……」

仕事中はなるべく余計な口を挟まないように口を酸っぱく言って、それを守ってくれているルイスが、何か言いかけた。

「あれは、何？」

「いや……それより今日は商談があって、これから俺は帰らなきゃいけないけど」

「ああ。大丈夫よ。むしろいつもついて来なくていいんだけど」

「いや、これからもついて行く」

「そ、そう……」

いいんだけどな……本当にいなくても……。

ルイスは私がこの事業に携わるようになってから、外に出なければいけない時は、こうして必ずついて来るようになった。自分が一緒にいれない時は、必ずエリックを私につけた。ちなみにアンネは悔しがっていたけど無関係な人間を連れて来るわけにもいかないからお留守番である。

「今回もエリックのそばにいるように」

「わかったわ」

私がしっかり頷くのを見てから、ルイスは部屋を出ていった。

私も部屋を出て隣の部屋に入った。そこにはエリックがいた。

「救護室にはちゃんとした医者を配置しないと」

「この教科を教える教師も医学知識がないと厳しいでしょうか？」

「いや、僕が教えるのは身体の仕組みだったり、風邪をひくメカニズムだったり、基礎的な人体の仕組みがメインだから、教材にプラス少し知識がある人ぐらいでも――」

めちゃくちゃ議論してる。

エリックは学校事業にノリノリで、率先して動いていた。私が「学校で怪我をした時のための処置できる部屋が必要では？」と言ったらエリックがサクサクと救護室の設計をしてくれた。

エリック、行動が早い。天才というのは頭の回転が早いから決断も常人より早いのだろう。

「エリック、ルイスが帰ったんだけど……」

話し中に申し訳ないな、と声をかけると、エリックと、彼と話していた王宮の人は話を止めてこちらを見た。

「小公爵様が帰った？　でも僕もまだかかりそうだけど……話聞いておく？」

「いや……頭痛くなるからいいや……」

「今日はあとは学校の修繕の気になる箇所確認するだけだったよね？　先に見ててもらえる？」

「わかった」

この部屋でじっと討論を聞いているより余程いい。私は部屋を出て、学校を見て回ることにした。

教材についての最後の打ち合わせが終わり、いよいよ学校も始まるのか、とワクワクしながら学校を見て回っていたその時。

「にゃあーん」

子猫の声が聞こえた。

視線を下に向けると、子猫がいた。

円な瞳の白い毛がフサフサのその子は、甘えるように私に擦り寄ってきた。

「か、かわいいぃぃぃぃ！」

私は子猫が大好きである。

甘えたように鳴いている子猫の頭を撫でる。

フワフワしていて最高だ。

ほわほわした気持ちになりながら撫で続けていると、私の上に影ができていることに気付いた。

しゃがんだ姿勢のまま、恐る恐る上を見上げると、そこにはサディアスが立っていた。

「わあああああ！」

驚いて子猫を抱っこして後ずさると、サディアスが眉間にしわを寄せた。

「なんですか。人を化け物のように」

「い、いや、いきなりいたから……」

誰だって驚くと思う。

できる限り会わないように。そう思っていても、一緒に事業をしている以上、出会うことはある。今がそうだ。

なるべく避けてたんだけどな……。

ちょっと気まずい気持ちになりながらも、なぜかこの場から去っていかないサディアスに訊ねた。

「えっと……他に何かご用ですか？」

「いえ、別に」

「……」

「……」

用がないのにどうしてどこかにいかないの……？

私が子猫を抱きながら首を傾げると、子猫は私から下りようともがいた。

私が慌てて手を離すと、子猫はサディアスのほうに行き、スリスリと擦り寄った。

「懐かれているのね」

「別に」

別に、と言うが、先程の私より、子猫がゴロゴロと喉を鳴らしている。

「猫が好きなの？」

「猫だけではなく生き物全般が――」

そこまで言ってサディアスがハッとして口を閉じた。余計なことを言ったと思っているんだろう。

そうだ。サディアスは人間不信ぎみだから、その代わり、動物が好きになった。彼らは人間のように複雑な感情を持たず、好き嫌いがハッキリしているから。

「この猫、ここに住んでるの？」

「ええ。ですが、そろそろ移動させないといけないですね。猫が苦手な子もいるでしょうから」

サディアスの発言に私は目を瞬いた。

「どうかしましたか？」

「い、いいえ」

そうだ。サディアスは、何も意地悪な人間ではないのだ。私がズルをしたと思っているから、私にだけ当たりが強いだけ。

こうしてこの子猫に好かれるほどこの学校に何度も足を運び、国王陛下やジェレミー殿下の期待に応えようと、努力もしている。きっと私の何倍もこの事業のために手を尽くしている。

彼は努力家で、常に一生懸命なのだ。

――誤解を解かないとね。

「あなたの家に連れていくの？」

「いいえ。母が、猫に近づくとくしゃみと目のかゆみが出てしまう体質なので」

猫アレルギーか。それなら飼うのは難しいだろう。

「どこかに引き取り手がないか探しているところです」

「そうなの」

それなら――あれ？

「その猫、ちょっと様子が変じゃない？」

「え？」

私に言われてサディアスが子猫を見ると、子猫は苦しそうにえずいていた。何かを吐き出したくて堪らないようにクァッ！　クァッ！　と声を出している。

「な、なんでしょう……こんなの初めてだ」

子猫の様子にサディアスが動揺しているのがわかった。私も子猫を飼ったことがないから、この症状がなんなのか知らない。ただ、苦しそうなことはわかった。

「動物病院……この世界にあるのかしら……ええっと、そうだ！」

私は苦しそうにしていた子猫を抱き上げて走った。

「フィオナ嬢!?」

「いいから付いてきて！」

驚いて私に声をかけたサディアスに、私は言った。

私の剣幕に驚いたのか、サディアスはそれから余計なことは言わずに私のあとを付いてきた。

普段走ることなどないから、足が震えるし、息切れもすごい。苦しいし、頭痛もする。でもとにかく急がないと！

懸命に足を動かして、ようやく目的地に着いた。

「エリック！　急患よ！」

慌ててエリックのいた教室に駆け込んだら、エリックたちは驚いていたけれど、エリックはすぐに真顔になって「こっちに」と子猫を広いスペースに移動させた。

「急に苦しそうになっちゃったの。なんとかなる？」

「猫は専門外だけど……わかった、見てみる」

エリックがチラリとこちらを見た。

「集中したいから出ていってくれる？」

「わかった」

私たちはエリックに従って部屋の外に出た。

エリックは天才だもの。きっと大丈夫。

そう自分に言い聞かせるが、不安はなくならない。

横にいるサディアスを見ると、サディアスは顔を青くして立っていた。

そうだ。サディアスは生き物を大切にするし、何よりあの子猫はサディアスが可愛がっていた猫だ。心配でたまらないだろう。

大丈夫だよ、と言うべきだろうか。でも無神経にそんなこと言えない。私は医者ではないのだから。

どれだけ時間が経っただろうか。じっとただ部屋の前で立っていると、急に扉が開いた。

「終わったよ」

中からエリックが出てきた。

私とサディアスは慌てて部屋の中に入った。

「にゃー」

そこには座ってこちらを見ている子猫がいた。

見た感じ、元気そうだ。

「よかった……」

私はほっと胸をなで下ろした。

子猫はゴロゴロ鳴いてサディアスの足元にスリスリと擦り寄った。

「毛玉だった」

……。

「「けだま?」」

サディアスと被ってしまった。

エリックは詳しく説明してくれた。

「猫は自分で毛づくろいをする。その時、自分の毛を飲み込んでしまうんだ。だけどその毛は消化されずにお腹に残る。だから定期的に毛玉となった毛の塊を口から吐き出すんだ」

これ、とエリックはさっき白猫がいた場所の近くに落ちている毛玉を見せてくれた。

「吐き出す時にえずくから、ちょっと苦しそうになることもある。今回はたまたまその時に二人が居合わせたんだろう。一応一通り異変がないか確認したけど、特に問題はなさそうだったよ」

私とサディアスは顔を見合わせた。

「ということは…」

「なんともないのに騒いだということですか？」

「そうなるね」

「「……」」

私は申し訳なさでいっぱいになった。

「ごめんなさい。私が早とちりして……」

「いや、私も焦ってしまって……」

お互い謝ろうとすると、エリックが不思議そうにこちらを見た。

「いや、何も悪くないけど？」

「え？　でも何もなかったのに騒いでしまったのよ？」

「それの何が悪いの？」

エリックは子猫を抱き上げると、サディアスに手渡した。

「何もなかったは結果論。もしかしたら病気や怪我だったかもしれないし、猫だって低血糖や脱水になることもあるからね。いつもと違うと気付くのは大事で、もしそうだったら遠慮なく専門の人間に見せるのが大事だよ」

サディアスが抱っこしている子猫を撫でながらエリックは言った。

「気になるけどこれぐらい大丈夫だろうと放置するのは一番いけない。万一がないように、医者にかかることを渋らないように。父さんがそう言ってた」

エリックは父親から医学を学んだと言っていた。エリックの父親は、息子に医者としての心得もしっかり伝えていたようだ。

そうだ。今回はなんともなかったが、もしそれで慢心して、異変に気づかないフリをして取り返しのつかないことになったら……。

「そうね。そうよね。何も無かったらそれでよかった。それでいいのよね」

「そう。ただそれだけだよ」

これからも何かあったらすぐにエリックを呼ぼう。エリックはそれを嫌がらない。

「この子猫……」

私はサディアスに向けて言った。

「この子猫、私が飼ってもいいかしら？　うちは猫がダメな人間もいないから、よければ……」

「いいんですか？」

サディアスが意外だという表情をした。

「もちろん。大事に育てるわ」

私がにこりと笑って言うと、サディアスの耳が赤く染まった。

「動物に優しい人間に嫌なやつはいないんです」

サディアスが抱いていた子猫を私に差し出した。私は子猫を恐る恐る受け取った。

フワフワの毛が首をくすぐる。身体の温もりに柔らかい触感。確かな重さに笑みが浮かんだ。

「この子、名前は？」

「ホワイトマスク一号」

「ごめんなさい、なんて？」

聞こえていたけど念の為確認した。

「ホワイトマスク一号」

「………」

確認したら女の子だったので、ルビーと名付けた。

✦✧✦ ✦✧✦

「ホワイトマスク一号は元気ですか？」

「ルビーだってば」

ルビーに会いにうちに来たサディアスを家に入れると、ルイスが顔をしかめた。

「なんでサディアスがここに来るんだ？」

「この子の面倒を見てたのはサディアスだもの。様子が気になるのは当たり前でしょう？」

「そうです。私はホワイトマスク一号が気になるだけで……あ、これ毛玉対策にいいと聞いた猫草です」

「ありがとう。ほら、ルビー、どうぞ」

ルビーは猫草をクンクン嗅ぐと、ちょっとずつかじり始めた。気に入ったらしい。

「この子猫が気になって、ね」

「なんですか？」

ルイスがサディアスに疑いの視線を向けた。

「いや、本当に気になってるのは子猫なのかと思ってね」

「そうに決まっているじゃないですか。おかしなことを言わないでください」

「でもここに来てからずっとフィオナを見ているじゃないか」

「気のせいだと思います」

「今まさにガン見してるじゃないか」

「気のせいです」

何やらルイスとサディアスが言い争いをしている。

「ふう、うちのお嬢様の魅力に気づいてしまった人間がまた一人……」

アンネも何か言ってるし。

面倒なことに巻き込まれたくないから、私は静かにルビーと遊んでいた。フワフワ、モコモコ。可愛い。

猫っていいわね……前世では猫を飼う余裕がなかったけど、実は飼ってみたかったのよね。

「おー！　みんないる！」

密かに前世からの夢が叶って喜んでいると、部屋にズカズカとニックが入ってきた。

「ニック、部屋に入る前にノックをだな……」

ニックと一緒に来たジェレミー殿下がもっともなことをニックに指摘している。

「えー、知り合いなのに？　先に近しい客が来てることがわかってるのに？」

「するんだ。覚えておきなさい」

「面倒だなぁ～」

ニック……。

筋肉について以外の常識も教えてあげないといけないかしら……。

ジェレミー殿下はそんなニックに代わって頭を下げた。

「突然来てすまない。おかげで学校事業は大成功だ」

「よかったです」

学校についての評判は私も聞いている。子供たちは楽しく通いながら学ぶことができて、親からの評判も上々だ。

「夜間学校も、子供の通っている学校と教材を利用してできるからすぐに始められた。大人でもやはり学びたかった者が多かったようで、入学希望者が殺到してるよ」

夜間学校も上手くいっているようで安心した。自分で発案した事業が上手くいっていなかったら申し訳ないものね。

「それで相談なのだが――」

いきなり声のトーンが変わり、私は嫌な予感がしてルビーを撫でるのをやめた。

「今度は病院や孤児院の環境や食事面の指導をしてほしいんだけど」

「嫌です‼」

私は食い気味に言った。

学校事業、楽しかったしお金ももらえてよかった。よかったけどやっぱり大変だったし疲れで何度熱を出して寝込んだだか。その度にルイスが「やっぱり国を買っておけば……」とか言い出すのを毎回止めなきゃいけないし……。

もうあの経験は一度だけでいいかな、というのが本音だった。

「そうだよな、わかる。わかるんだけど……」

ジェレミー殿下が申し訳なさそうにしながらも、言った。

「ちょっと来てくれないか？」

来たのは病院だった。

「何これ……」

私はそれを見て衝撃を受けた。

「みんなこれを食べてるの……？」

ドロドロで原形がわからない食事。

「咀嚼（そしゃく）ができない人だけじゃなく？　全員がこれ？」

「そうだ」

ジェレミー殿下が頷いた。

「それじゃあ食べるのに支障がない人も、これ以外選択肢がないんですか？」

「そうだ」

ジェレミー殿下がもう一度頷いた。

そんな……これを……？

私は恐る恐る一口それを食べた。

うっ……。

「こんなの食事に問題のない人間が食べられるわけないじゃないですか！」

不味かった。

食感も最悪だし、味も最悪。とりあえず食べられそうなものを突っ込んで煮詰めて出したというのが丸出しだ。患者のことをまったく考えていない。

「そうだよな。今まではこれが当たり前だと思っていたから疑問にすら思わなかったが、フィオナ嬢の教材で栄養について知ってから、これはおかしいなと思ったんだ」

それで、とジェレミー殿下は続けた。

「食事も残されることが多く、患者が体調を崩すことも多かったんだ」

「それはそうですよ……食事をきちんと取れなければ、体力も落ちますから……」

食事は生きる上で大切だ。きっちりきっかり栄養ばかり考えた食事だと逆にストレスになって身体に悪くなることもあるから栄養バランスを毎食きっちりしろとまでは言わないが、こんな食べる気さえ起きなくなる食事はダメだ。

「食べ物って大切なんです。味を楽しむことで元気になるし、その食べ物で身体を作るんですから」

私と共に教材を作ったり、日々私の話を聞いたりしている面々は、深く頷いた。

「そうだよな！　この俺の筋肉も食事から出来ているんだ！」

「ニック、暑苦しい」

「はい！」

ニックが自慢げに腕を出したが、私の言葉にすぐに出した腕をしまった。

「食事だけじゃないね」

病院の中を見て回っていたエリックがイライラした様子で戻ってきた。

「シーツ交換の頻度が半年に一回だって。部屋の掃除も、換気もできてない。衛生面という観点が抜け落ちてるよ」

エリックが信じられないと思っていることを隠さずに、病院のダメな点を羅列する。

私の前世の世界でも確か衛生について考えが広まったのが１８００年代……この中世ヨーロッパ風の世界なら、衛生という言葉すら、一般の人は知らないかもしれない。エリックが知っているのはやはり先進国にいたからだろうか。

私は病院を見て、一つため息を吐いた。

「孤児院も似たような感じなんですね？」

「ああ。そうだ」

子供たちまでこのような過酷な環境で暮らしているということだ。

見捨てられるはずがない。

私の答えは決まった。

「やります」

学校と違って、既にやり方が確立されている病院の方針を変えるのは骨が折れる。

まず反発があるからだ。

「どうして今のままじゃいけないんですか？」

病院の料理長が怒った様子で言った。仮にも貴族である私たちにここまで強気で来るとは、それだけこの病院で料理長の地位は高いのだということがわかる。

「今のままでも俺たちは問題ありません」

料理長を含む、その場にいる料理人全員が頷いた。

私はそれを見て大きくため息を吐いた。

「それは、自分たちが楽ができるからですか？」

「なっ、なんだと⁉」

料理長が怒りを顕にした。

「毎日同じ食材で全員に同じ料理。さぞ楽でしょうね」

おそらく彼らが食事のメニューを変えたくない本当の理由だろうと思うことを指摘すると、料理長は顔を真っ赤に染めた。

「俺たちが悪いと言うのですか⁉」

「いいえ」

私は首を横に振った。

「悪いのは今までこれでいいと思わせた環境でしょう。そして味見すらしない文化」

「でしょう？　だから我々は悪くな――」

「ですが、それを変えようというのが国王陛下の意向です」

つまりこれは国の命令だと言外に告げれば、料理長や彼の後ろで騒いでいた料理人は口を噤んだ。

「命令だからといきなり変えるのも私は違うと思うんです。本人が納得しないと。だから」

私は彼らの前にお皿を差し出した。

そう、あの病院食の載ったお皿を。

「これを患者が食べられると思っていらっしゃるんですよね？　でしたら、どうぞ。皆様もぜひ召し上がってください」

「え……」

　全員の顔色が悪くなった。

「で、でもこれは患者用で……」

「患者さんも、入院している間に味覚が変わるわけじゃないんですよ。家では普通の食事をしていたのに、入院したらこれを食べなきゃいけないのがどれほど苦痛か……」

　私はずいっとそれを料理長の目の前に持っていく。

「その苦痛をずっと与えると主張したということは、皆さんはこれを食べられるということですよね？」

「いや、それは……」

「食べなさい」

　私はついに料理長の鼻先まで料理を持っていった。

「料理を食べている患者の少なさから、気づいていなかったとは言わせません。毎日これを出すのはもはや拷問と言ってもいい。自分たちのしたことを知りなさい。それから、逃げようとしているそこの人たち」

　私が料理長と対面している間に調理場から逃げようとした料理人たちがピタリと固まった。

「食べるのは全員です。逃げられると思わないように」

　私は料理長にスプーンですくったそれを口元に持っていった。

「さ、あなたたちがこれからも患者に食べさせると言った料理です。安心して食べなさい」

「……す、すみませんでし――」

「謝罪は結構」

私はピシャリと撥ね除けた。

「食事が食べられず弱った患者もいたはずです……それこそ、寿命が短くなった方も。あなたたちがしていたことは、簡易的な殺人と変わらない。なぜなら気づいていたのだから。食べないということはそういうことでしょう？」

「……」

料理長は口を閉じて震え上がった。しかし、それでも口を開かない。

「アンネ」

「はい、お嬢様」

「この人たちに必ず完食させて。私は新しく求人を出すように手配してくるから」

「はい。おまかせを」

アンネが私から料理を受け取って、全員を見回した。

「必ず完食させてみせます」

私が退室したあと、調理場は絶叫に包まれた。

「汚れたシーツの上に寝かせたら看護師たちは震え上がってたよ」

どうやらエリックも同じようなことをしたらしく、徹底的に医者や看護師の指導をしたようだ。

「でも今までのことがあるから、すぐ同じようにしようとする人が出てくるでしょう。そのほうが彼らは楽ですからね。ですから、一つの病院に一人、国から監視人を置いてください」

「わかった」

ジェレミー殿下が頷いた。

「それからシーツなど新しい物品の補充の手配も……」

「うちの商会から既に手配しておいた。すぐに全病院に届く」

「ルイス、ありがとう」

さすが、仕事が早い。これなら早めに不衛生な環境も良くなるだろう。

「それから、看護師や料理人もできたら入れ替えが必要かもしれません」

「その手配は私がやりましょう」

サディアスが答えた。有能な人間が揃うと問題がサクサクと解消される。

「あとは孤児院ね」

孤児院のほうも、食事に関してはアンネに頼んで指導したはずだけど……。

今回は、学校事業とは違い数が多いから、アンネにも手伝わせていいかと確認したら了承してもらえたので、アンネも張り切って頑張っている。

私は今までの病院での対応を思い出していた。

このままでいいと主張する人たち。私たちを常識知らずだと詰る人たち。そして自分が患者と同じようにしろと言われたら逃げようとする人たち。

――この感じだと、孤児院も一度見に行ったほうが良さそう。

「孤児院にも行ってみようと思います」

「そうだな。俺はちょっとやることがあるからしばらく同行できなそうなんだが……」

「俺がいるから問題ありません」

ルイスが私とジェレミー殿下の間に入った。

「殿下、フィオナと距離が近いです。離れてください」

「そ、そうか……？　すまない。しばらく一緒に仕事していたから仲間意識があって」

「近いです」

「わかった！　わかったって！」

ジェレミー殿下は私から距離を取った。

「お前はフィオナ嬢の行く先どこにでもついて行くんだな……」

「当たり前でしょう。婚約者なんですから」

「いや当たり前じゃないだろう」

「殿下ならこの気持ちはわかるはずですが」

「………まあわからなくはない」

わからなくはないんだ……。

ジェレミー殿下も心配性なほうなのかしら。

「私も同行しましょう」

私とルイスの間にサディアスが入ってきた。

「いや、俺だけで大丈夫だ」

「一人より二人、二人より三人のほうがいいでしょう」

「僕も主治医として同行するから数に入れてくれる？」

エリックが自分を無視するなと入り込んで来た。

「大体、お前はこの間までフィオナの噂を真に受けて毛嫌いしてただろう」

「私が愚かだったことは認めましょう。ですが、それはあなたもではないですか。知ってますよ、最近まであなたたちの仲が悪かったことは。有名でしたからね」

「それは……お互い、行き違いがあったんだ」

「どうだか」

「なんだと？」

「なんです？」

二人の間に火花が散ってるのが見えるわ……。

「みんなで行ったらいいわよね。人数は多ければ多いほうがきっと気付くことも多いと思うし」

「ほら、フィオナ嬢もこう言っています。私と一緒に行きたいと」

「そこまで言ってない。耳を治せ」

二人がギャーギャー言い争っている。エリックが私に視線で「なんとかしたら？」と伝えてくるので、私は二人の間に入った。

「じゃあ明日にでも行きましょうか！」

元気よく言ったらルイスが首を横に振った。

「ダメだ。また熱が出てる」

「え……本当に？」

ルイスが私の額に手を当てる。

「ちょっとだけどある。そうだろう？　エリック」

エリックは私の額に触れて、頷いた。

「そうだね。熱が出てる。フィオナ嬢は休んだほうがいい」

「そうなの……わかった。休む」

無理したらどうなるか、私は私の身体のことをよくわかってる。だって記憶を取り戻す前に無理しすぎて身体が辛すぎて、常に不機嫌だったもの。

黒歴史だわ……。

「身体が弱いのに無理させてすまないな、フィオナ嬢」

ジェレミー殿下が申し訳なさそうに謝罪する。

「私も、身体が弱いということを信じられずに疑って申し訳ありませんでした」

サディアスにも謝罪される。彼はこの間までそう思い込んで私に対して厳しかったから、負い目があるようだ。

「ジェレミー殿下、大丈夫です。なるべく無理しないようにやってますし。サディアスも、昔の私に問題があったのは確かだし、気にしてないわ」

社交界で有名になるぐらい、態度がよろしくなかったものね……。

サディアスもあの頃の私を見たことがあるはずだし、私に対して思うところがあったのは仕方ない。

「今は友達でしょう？」

サディアスに笑顔を向けると、彼は顔を赤らめた。

「そ、そうですね。あなたは私の大切な友達です」

「ええ」

友達。いい響きよね。

幼い頃から病弱だったから、友達なんて作れなかったのよね。

いつも事業についてなど、難しい話には一切入ってこないニックが声を上げた。

「フィオナ嬢！」

「俺も！　フィオナ嬢のこと、友だと思っているぞ！」

「え……あ、ああ、そうね……私も友達だと思ってるわよ？」

思わず「私たち友達だっけ？」という言葉を飲み込んだ。私の回答に満足したようで、ニックはニカッと笑った。

暑苦しいけど笑顔は爽やかなのよね……さすが攻略対象。

「お嬢様」

アンネがぬっと割り込んだ。

「私はお嬢様とは友という枠を超えて魂で結ばれていると感じております」

「そ、そうね……？」

魂で結ばれてるってなんだろう……。

そう思うが突っ込んだら面倒なことになると思い、私はそのまま流すことにした。

「俺もフィオナ嬢のこと、友だと思っているよ」

「ありがとうございます、ジェレミー殿下。私もです」

にこりと笑って言うジェレミー殿下、眩しい。

みんなからの友人宣言に嬉しくなっていると、ルイスが私の肩を抱いた。

「みんな、フィオナは熱があるんだ。そろそろ失礼する」

「ああ、そうだったな。引き止めて申し訳ない」

「それに」

ルイスがみんなに笑顔を振りまきながら言った。

「友人より婚約者のほうが上だからな」

ルイスが私に笑みを向けた。

「そうだろう？　フィオナ」

キラキラした笑顔なのに、謎の圧を感じるのはどうしてだろう。

「そ、そうね」

私の返事に満足した様子のルイスは、満面の笑みを浮かべた。

「じゃあ帰るから」

ルイスはテキパキと帰り支度を始め、私はみんなに挨拶しながらエリックとアンネとは別の馬車に乗った。

「最近のフィオナは人たらしだ」

「え？」

人たらし……？

「それはルイスじゃ……」

「俺がいつ誰をたらしこんだって言うんだ？」

「それは……」

これから現れるヒロインをよ！

とは言えない。言ったら頭おかしい人だもの……。

「女性に人気あるでしょ？　ルイスは」

このルックス、この地位、この財力。

どれをとっても女性が寄ってくる要素しかない。

実際、私という婚約者がいても、ルイスに寄ってくる女性は後を絶たなかった。

いや、もしかしたら、婚約者が悪名高い私だったからかも……？

「それは……」

ルイスが口を片手で覆った。

「嫉妬ということか……？」

「え？」

嫉妬？　なんで？

私は慌てて今自分のした発言を思い返した。

『女性に人気あるでしょ？　ルイスは』

あ……このセリフだけだとそう聞こえるかも……。

「あの、嫉妬とかではなく……」

事実を言っているだけなのだが……。

しかし、ルイスは私の話を聞いていなかった。

「そうか……フィオナが嫉妬……ふふ……」

なんか笑ってる。

「んんっ！」

ルイスが咳払いをしてこちらを見た。

「フィオナ」

「は、はい」

ルイスが私の手を取った。

「俺は浮気は絶対しない。俺はフィオナ以外、目に入らない」

ギュッとルイスが私の手を握る手に力を込めた。

「俺が結婚するのはフィオナだけだ」

ルイスの真剣な表情にドキリとした。

「あ、あの……」

きっと今私の顔は真っ赤だ。

ルイスルートにハマった人の気持ちが今ならわかる。

こんな綺麗な顔で甘いことを囁かれたらときめくに決まっている。

「フィオナ」

ルイスが私の左手薬指を手に取った。

そしてそのままそこを甘噛みする。

「ひゃっ！　な、何……ッ」

「そろそろ覚悟を決めてくれるか？」

か、覚悟って……。

「ここに、お揃いの指輪を着ける覚悟だよ」

ルイスが甘噛みした指を今度は人差し指で撫でる。

甘い痺れが走り、私は身体を震わせた。

「お嬢様、着きましたよ」

私はアンネの声で我に返った。

慌てて馬車から飛び降りて、まだ馬車に乗っているルイスに叫んだ。

「まだ覚悟できません!!」

そしてそのまま自分の部屋まで走り抜けた。

ハアハア荒い息を吐きながら、私はベッドに横になった。

心臓が痛い。走ったからだけではない。

「ルイスのバカ」

身体が弱いんだから、心臓に負担かけないでよね！

私は赤くなった顔を隠すように毛布を頭から被ってそのまま眠りについた。


その後、一週間寝込んだのは、ルイスのせいかもしれない。

✦✧✦ ✦✧✦

「ここが孤児院……」

寝込んでから一週間後、私はようやく孤児院に来ていた。

「なんか……教会っぽい……？」

屋根に十字架があり、見た目は教会だ。

「孤児院は教会と併設している所が多いのです。この教会の奥に孤児院があります」

「そうなのね」

サディアスの教えに納得する。そういえば、ゲームでヒロインがルイスと出会うルートのスチルで、孤児院の形がこれに近かった気がする。

そうそう、確か、ルイスとヒロインが出会うのは、ヒロインが孤児院に慰問してる時なのよね。ルイスは確か、しつこく付きまとう悪役令嬢のフィオナから逃げるためにたまたま入った所がその孤児院だったのよね。

そこでヒロインが貴族になりたてで困っていることを知ったルイスが、彼女に貴族のあり方などを教えることを約束して、たまに会うようになるの。

それが気に入らないのが悪役令嬢フィオナ。彼女はルイスが自分に内緒でヒロインに会っていることに気付いて、ヒロインに直接罵詈雑言（ばりぞうごん）を浴びせるだけでなく、周りにヒロインの悪口を言って孤立させたり、ワインを引っ掛けたり、ドレスを破いたりといった嫌がらせをする。

しかし、その度にルイスがヒロインを助け、フィオナの予想とは違い、二人の仲は近付くばかりだった。

そしてついにフィオナはヒロインを亡き者にしようと、暗殺者を雇うのだ。

しかし、これもルイスがヒロインを助けたことによって失敗。フィオナは殺害未遂の容疑で牢屋に入れられ、そのまま獄中で死亡する。

死亡時の詳細は語られなかったから、ゲームをしている時は、プライドからフィオナが自害したのかと思ったけど、転生した今ならわかる。

たぶん病弱すぎて、環境のよくない牢屋で病気になって死んだんだ。

だって環境のいい実家でも寝込むんだから、寒い埃っぽい牢屋に入れられたら一日で寝込む自信がある。数日入ったら死ぬ自信もある。

私は想像して身震いした。

「フィオナ？」

それに気付いたルイスが声をかけてきた。

ルイスが自分の着ていた上着を私に羽織らせた。

「寒いのか？　よし、今日の予定はやめてすぐに帰ろう。温かい湯を用意して、それから――」

「問題ないから、中に入りましょうか！」

私はルイスに上着を返し、教会に入った。寒気は今はないし、さっきのは死を想像して震えただけだ。

――ルイスってちょっと心配性が過ぎるわ。

病弱だけど、今すぐ死ぬというような病にはかかっていないし、こうして少しの外出ならできる体力も身についたから、そんなに心配しなくてもいいのに。

今死ぬリスクとしたら、やっぱり断罪よね。

絶対ヒロインに会っても虐めずに、身を引いて静かに暮らそう。いや、できればヒロインに出会わないようにすることが目標だ。

暗殺者を雇うゲームのフィオナは頭がおかしいと思うし、私はそんなことする気はないけど、ゲームの強制力とかあるかもしれないし！

「おや、信者の方ですかな……？」

中に入ると神父が話しかけてきた。

「国王陛下のご命令で、孤児院の確認に来ました」

「へ……？」

神父は途端にアタフタとし始めた。それもそのはずである。孤児院の内情を知るためには抜き打ちで来なくてはいけない。神父はまさに寝耳に水で、驚いているだろう。

悪いけど、でも行く日を伝えて、その日だけ取り繕われても困るのよね。

「急なことで申し訳ないが、子供たちの様子を見させてもらってもいいだろうか？　孤児院の環境を整えたいというのが陛下の意向だから、ここを罰したい気持ちできたわけではないので安心してほしい」

「わ、わかりました。こちらに……」

ルイスの説明に神父は怯えた様子ながらも、私たちを孤児院へと案内してくれた。

孤児院は小さかった。建物も古く、もうそろそろ建て直ししたほうがいいかもしれない。

「わー！　このおねえちゃんたちだれ⁉」

「なんかきれいー！」

孤児院の子供たちがキャッキャとはしゃぎながら駆け寄ってきた。

「こ、こら、子供たち……！」

「大丈夫ですよ」

神父が慌てた様子で止めるが、私はそれを制した。子供たちの様子をじっくり見るいい機会だからだ。

子供たちは痩せていたが、そこまで栄養状態は悪くなさそうでほっとした。ただ……。

「この服はどれぐらい着せてるんですか？」

服装が汚かった。そしておそらくお風呂も入れていない。

「一ヶ月に一度でしょうか。お風呂に入る時に変えています」

「下着も？」

「そうですね」

なるほど。臭いの原因もわかった。

「せめて一週間に一回、お風呂に入れてあげてください。下着は可能な限り毎日取り替えましょう。感染症予防になります。……お風呂も衣類の着替えも本当は毎日がいいんですが、それは厳しいですか？」

「そうですね……人手とお金の問題が……服も余分に買えなくて……」

確かにこの教会に余裕があるようには思えない。それに、今ここに私たちや神父以外に大人が見当たらない。もしかしたら一人で運営してるのかもしれない。

「もしかして、ここの運営は寄付金によるところが大きいのでしょうか？」

「そうなのです。なので余裕はなくて……」

よくやく孤児院が教会と併設されている理由がわかった。教会なら信者から寄付金が入る。その寄付金で孤児院を運営するから、教会しか孤児院を作れないのだ。

「国のほうに支援金を出すようにお願いしてみます。人手のほうも確保できるようにしておきましょう」

「いいのですか⁉　ありがとうございます！」

私の言葉に神父は喜び深く頭を下げた。

「子供たちを飢えさせないので精一杯で……服が手に入ったら子供たちはどれだけ喜ぶか……」

この神父は子供を虐げるつもりもなく、おそらくお金があったら服も毎日替えてあげていたかもしれない。彼だって子供たちの臭いには気づいていただろうから。

「すぐに全孤児院に支援金と人手がいくように手配します。今まで頑張りましたね」

「ありがとうございます……！」

状況がわかっていない子供たちが、首を傾げた。

「しんぷさまどうしたの？」

「いじめられたの？」

「わたしたちがまもってあげる！」

「こ、これこれ、そうじゃないんだ！　やめなさい！」

神父を守ろうと立ちはだかる子供たちを見て、神父が愛情を持って子供たちを育てているのがよくわかった。

この孤児院は、支援をして、やり方さえ教えたら大丈夫そうね。

私は病院の料理人たちを思い出した。

結局は人間性の問題なのよね。

「あれ、神父様、お客様ですか？」

その時、孤児院の奥から人が出てきた。

私はその人物を見て目を見開いた。

「ああ。アリスさん。視察に来てくれた国の方たちです」

神父が私たちを紹介する。

「まあ、そうだったんですね！」

目の前の少女は明るく笑った。

綺麗なピンクの髪に、月を思わせる黄色い瞳。桜色の愛らしい唇と、同じようにほんのりピンク色をした頬。愛らしい顔立ちをした彼女は、私が何度も見たことのある人物だった。

「初めまして！　私はアリス！」

彼女が私に手を差し出す。
「アリス・ウェルズって言います！」
そう、彼女こそ、このゲームの主人公。
明るい人柄で周りを元気にし、会う人みんなを虜(とりこ)にしてしまう少女。
アリス・ウェルズ男爵令嬢。
このゲームのヒロインだ。

番外編　ルイスの気持ち

フィオナと初めて会ったのは、お互いまだ七歳の頃だった。

「こんにちは、ルイスくん。こちらはフィオナ、うちの孫娘だよ」

そう言ってフィオナを紹介してくれたのは、まだ存命中だったフィオナの祖父だった。

「はじめまして、フィオナです」

ちょっと緊張した面持ちで、フィオナはこちらを窺ってきた。

まだ幼い愛らしい少女。ふっくらした頬に、涼やかな水色の髪が印象的だった。

「はじめまして。俺はルイス。よろしく」

俺が手を差し出すと、フィオナは恐る恐るといった様子で俺の手を握った。

今日はいくつかの有力貴族を集めたハントン公爵家主催のパーティーだ。

子供たちが仲良くなるように、というのは建前で、俺の婚約者を探すためだということを、俺は知っていた。

「フィオナ、好きに遊んできていいよ」

「はあーい！」

祖父に言われてフィオナはその場から離れてしまった。それを少し寂しく思ったことを気づかれたのか、祖母も俺に好きにしていいと言ってくれて、俺はすぐにフィオナを探した。

フィオナはすぐに見つかった。

真剣な表情でケーキを睨みつけていた。

「どうしたんだ？」

「ケーキ、どれを食べようかと思って」

「全部食べたらいいんじゃないか？」

ケーキは子供サイズに作られている。何個食べても大したものではない。

しかし、フィオナは首を横に振った。

「ダメ。私いっぱい食べると気持ち悪くなるもん。どれか一個だけなの」

そう言って再び真剣にケーキを選び始めた。

俺はその中の一つを手に取った。

「これがおすすめだよ。この中なら一番おいしい」

フィオナは俺が取ったケーキをじっと見つめた。

「……本当？」

「本当」

疑う彼女に頷いて見せると、フィオナは俺の手からケーキを受け取った。

そして一口食べた。

その瞬間フィオナの瞳が輝いた。

「おいしい！　すごくおいしいわ！」

フィオナの口に合ったようだ。

瞳をキラキラと輝かせ、口いっぱいにケーキを頬張りながらおいしいおいしいと言うフィオナは、とても可愛かった。

「ありがとう、ルイス。優しいのね」

ニコッと笑うフィオナの愛らしさに、俺は一瞬で恋に落ちた。

フィオナは残念なことに、すぐに帰ってしまってあまり話せなかったが、俺はすぐに祖母の元に行った。

「フィオナがいい！　フィオナと結婚する！」

「おや、もっと考えなくていいのかい？」

「いい！　フィオナ以外嫌だ！」

祖母は俺の必死の願いを笑って聞いてくれた。

こうして俺とフィオナは婚約した。

だけど――。

「また会えない……？」

フィオナとの面会の日は、ほとんどが直前でキャンセルされた。

「その……本日は会う気分ではないと……」

「……前もそう言っていたじゃないか」

「申し訳ございません……」

俺にフィオナのキャンセルを伝えに来た侍従が申し訳なさそうに頭を下げる。

「いや……いい、わかった……」

侍従は俺の返事を聞くと、再び頭を下げて去っていった。

俺は椅子にドカリと座って額に手を当てた。

もう何回目かわからない。フィオナと会えても、大体途中で帰られてしまった。

「俺が何かしてしまったのか？」

そう思い手紙で訊ねるも、「そういうことではない」と返事が来るのみで、なぜかは教えてくれない。

一緒にパーティーに参加しても、素っ気ない態度で、むしろフィオナにイライラをぶつけられていた。

散々我慢していたが、ついに我慢の限界が来た。

「いい加減にしろ！　何が不満なんだ！」

「うるさいわね！　頭に響く声で叫ばないで！　もういい！　帰る！」

「おい、待てって！」

フィオナは俺の話を聞かずに帰ってしまった。それから何度も似たようなことがあったが、フィオナは毎回話の途中で帰ってしまう。

フィオナは俺と向き合う気がないのだろう。そして、きっと本当はこの婚約も嫌に違いない。

婚約破棄してあげたほうがいいのかと考えたこともあった。しかし、この婚約は祖母が結んだものだ。そうそう破棄などできない。

しかし、祖母はその性格から勘違いされるが、優しい人だ。フィオナが嫌がっているのなら、受け入れてくれるはず。

フィオナがどう思っているのか探りたくて、フィオナにその話題を出したこともある。彼女は婚約破棄を嫌がっていたけれど、本心はわからない。それに――。

『ありがとう、ルイス』

あの日のフィオナの笑顔を忘れることがどうしてもできず、俺も婚約破棄を切り出せなかった。


そしてあの日。

「お前はいつもそうやって……！」

「はあ!?　あなたがそもそも……！」

いつものようにフィオナと喧嘩をしていたある日。

「あ」

フィオナが盛大に転んだ。

そしてそのまま気を失った。

その日からフィオナは憑き物が取れたように大人しくなった。いや、正確には、隠しごとを止めた。

フィオナは自分が病弱だということを隠していた。

まさか今までの行動の全部が体調不良のためだったなんて信じられず、俺はフィオナにキツく当たってしまった。

そしてフィオナは倒れてしまった。俺と一緒に行ったパーティーで。

慌てて見舞いに行ったが、今までの積み重ねで、俺から出たのは憎まれ口だった。

「お前の嘘に付き合うつもりはないからな」

よりによって、なぜ倒れた彼女にそんなことを言ってしまったのか、俺にもわからない。

彼女はきちんと反論し、そして言った。

「……婚約解消したいなら、いつでもしてあげるわ」

その言葉に、俺の思考は止まってしまった。

「……お前は嫌だと言っていたじゃないか」

無意識に引き止めようとそんな言葉が口を出たけれど、フィオナの心には響かなかった。

なんとか謝罪だけは口にできたが、屋敷から追い出されてしまった。

馬車の中で、俺は考えた。

婚約破棄を、してあげたほうがいいのだろうか。

俺の脳裏に幼いフィオナの笑顔が浮かんだ。

婚約破棄したら、またあの笑みを浮かべてくれるのだろうか。

しかし……。

「いや、今はできない」

したくてもしてあげられないのだ。

馬車が家に到着して、俺はおばあ様の部屋に向かった。

「おばあ様……」

溌剌(はつらつ)としていた祖母はそこにはいなかった。

そこにいたのはすっかりやつれて元気のない祖母だった。

俺は祖母の手を握った。しかし、祖母は握り返してくれない。

母は俺が幼い頃に亡くなった。母の死が辛かったのか、父はそれから仕事にのめり込み、家に帰って来ない。

俺を育ててくれたのは祖母で、唯一大切な肉親だ。その祖母が謎の病に侵されている。それなのに何もできない。それが悔しくて堪らなかった。

このままでは祖母が危ない。それがわかるのに、医者はみんな匙を投げた。唯一の望みは、今国外から呼んでいる、エリックという天才と言われている医者だが、この国に来るまでまだ時間がかかるらしい。

それまでに祖母の身体が持つかどうかだ。

俺は祖母を見る。顔色は悪く、苦しそうだ。

フィオナ……病弱だという彼女も、こうしていつも苦しんでいたのだろうか。

俺はそんなこと想像したこともなかった。薄情な婚約者だった。

婚約破棄したいと言われるのも当然か。

「おばあ様」

俺は祈るように祖母の手を両手で握りしめた。

フィオナに会うのも気まずく、祖母の容態をなんとかしようと奔走している間に、フィオナは有名になっていた。

ハーブを育てて販売し、それがとても身体にいいらしい。

——そういえば、健康になるために取り組んでいると言っていた。

国内の医者は全員匙を投げた。でも、フィオナなら、もしかして……。

そう思い、俺はフィオナに会いに行った。婚約破棄の話をなんとか流し、俺はフィオナに祖母を会わせることに成功した。

フィオナは驚くことに、誰もわからなかった祖母の病を言い当てた。

そして、それが俺のせいだったことに、俺は悔いた。

祖母は俺のせいで死にかけたんだ。

落ち込む俺に、フィオナは優しく語りかけてくれた。


「あなたのおばあ様への気持ちは何も悪くない」

「もしおばあ様を長生きさせたいなら、もっと栄養を考えていかないとね。だって栄養を知らなかったからこそ起こったことだもの。大丈夫、私が教えてあげるわ」

「長生きさせて、曾孫まで見せてあげましょうよ」


フィオナの言葉に、俺は俯いていた顔を上げた。

そうだ。大事なのはこれで学んで、もう二度と同じ間違いをしないことだ。

「――そうだな」

俺は久しぶりに、フィオナに屈託のない笑顔を向けることができた。

そして同時に思った。

絶対フィオナを離しはしないと。

彼女から再び婚約破棄の話をされた時はショックだったが、俺がフィオナを選んだ話をしたら、フィオナの顔が赤くなった。

思わず頬にキスをしたら、そのまま気絶してしまった。

可愛いフィオナ。絶対に逃がさない。

だって君が言ったのだ。

『長生きさせて、曾孫まで見せてあげましょうよ』

俺が長生きをして、一緒に歩みたいと思う相手はフィオナしかいない。

今までの分も含めて、フィオナを大事にしよう。

フィオナは身体が弱いから無理をしないように俺が守ってあげよう。

大事に大事に守って、変な虫もつかないようにして。

「可哀想なフィオナ」

こんな執着心の強い男に好かれてしまって。早く手に入らないかな、と思いながら、俺は先程齧(かじ)ったフィオナの指を思い出し、自分の左手の薬指に口付けた。

病弱な悪役令嬢ですが、
婚約者が過保護すぎて
逃げ出したい
私たち
犬猿の仲
でしたよね!?

かきおろし漫画

フィオナのチョコレート

小箱ハコ

Comic by Cobaco Haco

これ
アンネの分
いつも
ありがとう
お嬢様…！
今日は
この世界で
大好きな人達に
チョコレートを
渡して
告白したり感謝を
伝えたりする日

前世を思い出す前は
何も考えず
受け入れていたけど
これってつまり
バレンタインよね
じゃあ
あと渡すのは
ルイス様
だけですか？
ギクッ
…………そうね……
…どうしよう
ルイスの分
用意はしたけど
ヒロインが現れたら
ルイスとは婚約破棄
しないといけないのに
手作りチョコなんて
渡して大丈夫なの
かしら…
あ
ルイス様が
いらっしゃった
ようですよ
ビクッ

フィオナ!!
ルイス…!!
わぁ〜〜
まだ渡そうか迷ってるのに——!!
今日は感謝祭だな
ギクッ
ぅっ

そうだ
今年はエリックから
アドバイスをもらって
健康に良さそうな
チョコレートを
用意したから
後で
受け取って
ほしい
ずっと義務的な
チョコしか贈って
こなかったけど
今年は気持ちを
込めたから
……………
っ
ええい

はい
じゃあ これは私から!!
え…!?

な…
なによ…
……
いや…
フィオナのチョコは
毎年屋敷に届けられて
いたから
直接もらえると
思ってなくて
同じく義務チョコ
しかも
手作りか？
だっ
だってルイスが
今日来るって
言うから
それなら直接
渡した方が早いし
手作り
なのは
健康を意識した
チョコを作りたかった
から
ゴニョゴニョ…
フィオナ…

ギュ
ありがとう
嬉しい
君からの想い
大切にするよ！
!!
ああ
やっぱり

これからのことを考えたら
このチョコは贈るべきじゃなかったのかもしれない
でも…
ルイスのこんなに喜んでる姿を見るのは
初めてだったから
まあ
今日くらいはいいかなんて
思ってしまったのだった

あとがき

初めましての方もそうでない方も、こんにちは！　沢野いずみと申します。

『病弱な悪役令嬢ですが、婚約者が過保護すぎて逃げ出したい（私たち犬猿の仲でしたよね!?）』一巻をお手に取っていただき、ありがとうございます。

悪役令嬢ものはいっぱいありますが、悪役令嬢の性格の悪さの原因が体調不良なのは見たことないな、と思って書いてみました！

ついでに健康知識も盛り込んで皆様も楽しめたらいいなとノリノリで書きました！

しかし、健康になるために一番大切なのは、どの栄養も過不足なく摂取して、適度に運動をすることです。何かを食べてすぐに健康になることはない――健康は近道がないんですよね。

なので皆様もフィオナと一緒にのんびり健康を目指しましょう！

私ですか？　産後太りで不健康です！　そろそろ頑張ります……一日一回納豆は食べてます……。

作品後半からルイスの誤解も解け、ツンツンボーイから心配性婚約者に変化しましたが皆様ついてきてくれていますか？

ちなみに私は前半のルイスに「なんだこいつはイラッとするぜ……」と思ってました。ツンツンは好きですがイラッとする時はイラッとする……。

二巻もルイスの溺愛や、あのキャラたちの裏側や、急展開なストーリーなど、色々盛り沢山ですので、ぜひ楽しみにしていてくださいね！

本作品の出版に関して、尽力してくださった方々に、この場を借りて感謝を述べさせていただきます。ありがとうございました。

数ある書籍の中から本書をお手に取っていただいた読者の皆様にも深く感謝申し上げます。

本当にありがとうございました。

また次回作もお手に取っていただけますように。

二〇二四年六月吉日　沢野いずみ

病弱な悪役令嬢ですが、
婚約者が過保護すぎて
逃げ出したい
私たち
犬猿の仲
でしたよね!?

苦しい思いをしていたなんて知らなかった
これからは君を支えていくと誓うよ
!?

病弱な悪役令嬢ですが、
婚約者が過保護すぎて
逃げ出したい
私たち
犬猿の仲
でしたよね!?

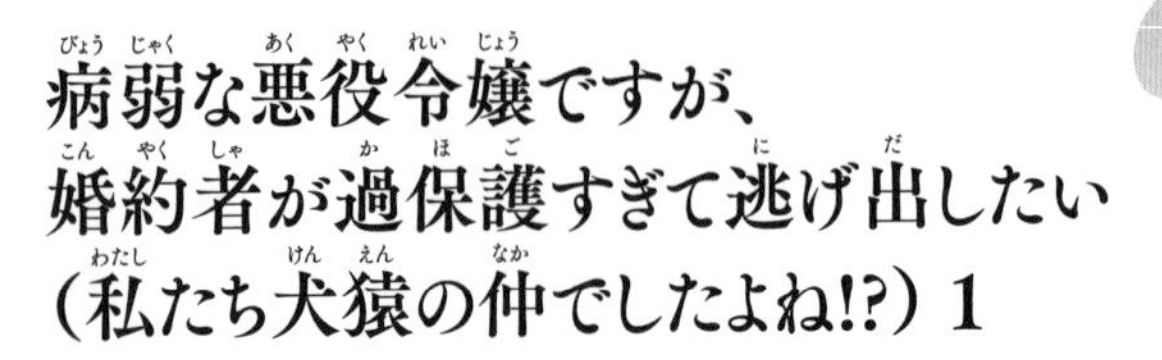

病弱な悪役令嬢ですが、婚約者が過保護すぎて逃げ出したい（私たち犬猿の仲でしたよね!?）1

2024年6月5日　初版発行

著	沢野いずみ
イラスト	まろ
キャラクター原案	小箱ハコ
発行者	山下直久
発行	株式会社KADOKAWA 〒102-8177 東京都千代田区富士見2-13-3 電話 0570-002-301（ナビダイヤル）
印刷所	図書印刷株式会社
製本所	図書印刷株式会社

●お問い合わせ
https://www.kadokawa.co.jp/（「お問い合わせ」へお進みください）※内容によっては、お答えできない場合があります。※サポートは日本国内のみとさせていただきます。※Japanese text only

定価はカバーに表示してあります。

Printed in Japan　ISBN 978-4-04-075271-6　C0093

装丁／AFTERGLOW　　校正／鷗来堂　　担当／塩谷高彬